COLLECTION FOLIO

Jean Anouilh

Fables

Gallimard

Avertissement hypocrite

Ces fables ne sont que le plaisir d'un été. Je voudrais qu'on les lise aussi vite et aussi facilement que je les ai faites et, si on y prend un peu de plaisir — ajouté au mien — il justifiera amplement cette entreprise futile. Il y a tant de gens dont c'est le gagne-pain de penser, de nos jours, que ce petit livre refermé et oublié, les occasions d'être profond ne vous manqueront certainement pas.

J. A.
Septembre 1961.

LA JUMENT

Une jument qui avait
Des obligations mondaines
(On croit que c'est pour s'amuser :
On est une femme de peine)
Décida de prendre une ânesse
Pour s'occuper de son bébé.
Ce n'était pas de la paresse,
Mais une jument élégante
A une vie si fatigante,
Que c'était trop lui demander

Le petit poulain était tendre,
Et l'ânesse le léchait bien
Il se mit à tout en attendre.
L'ânesse ne lui passait rien
Mais le comblait de sa tendresse
Et le poulain, de jour en jour,
Nourri d'herbe tendre et d'amour,
Tendrement réprimé à chaque maladresse,

Grandit en se persuadant que
Malgré les oreilles, la queue,
Les mères étaient des ânesses.
Un beau jour, passant dans le pré,
En se rendant à quelque course,
Car elle aimait beaucoup courir
(Son maître lui en savait gré
Car c'est lui qui palpait les bourses)
La jument pensa défaillir
En entendant son petit braire.
« Ce n'est rien, dit Monsieur Boussac.
Il deviendra comme ses frères,
Songeons à gagner notre sac.
Tantôt, après notre victoire,
Je vous expliquerai l'histoire.
Les enfants adorent le bruit ! »

Ce jour-là, la jument perdit,
Trop affectée par cette scène,
De plusieurs longueurs à Vincennes.
Monsieur Boussac, vexé, la remit au pacage.
Et, depuis, elle y vit en sage
Léchant et reléchant soi-même son petit.
Et l'ânesse mélancolique
Redevenue simple bourrique —
Car le poulain ingrat ne la reconnut plus —
Brouta exprès une mauvaise herbe et mourut.

L'AMOUR ET L'EAU FRAÎCHE

Une fille avait quatre amants.
Elle était excusable :
Ils n'en avaient pas de tourments.
C'était des amants de province
Dont les très courts déplacements —
Déduits le temps du lit et le temps de la table —
Ne leur laissaient qu'une marge fort mince
Pour exprimer leurs sentiments.

Elle en prit un cinquième en la proche banlieue —
Un jeune homme d'ailleurs charmant —
Qui, chaussant d'un scooter les bottes de sept lieues,
Put lui faire l'amour longtemps.
C'était un étudiant dont la bourse en déroute
(Il en souffrait parfois tout le long de la route)
Ne lui permettait pas, hélas ! le restaurant,
Dont chacun sait combien il coûte.
Le pauvre amant comblé, ne donnant jamais rien,
Était malheureux comme un chien.

Tout au plus, quelquefois, portait-il une rose
Ou une pomme prise au jardin des parents…
Mais que le pain pourtant leur semblait tendre
Enfermés tous deux dans la chambre…
Et entre deux baisers, ah ! comme il était bon
Le jambon.
Que leurs soirs étaient longs dans la maison bien close…
Et comme on ne peut pas toujours
Faire l'amour,
Il leur restait du temps pour parler de la chose…
La fille, habituée par ses quatre michés,
Au rituel bijou glissé,
Pour tout discours
Sous sa serviette, avant le canard à l'orange,
Se soûlait, se gavait de tous ces mots d'amour
Et engraissait de jour en jour,
Trouvant ces procédés délicats et étranges…
Mais l'amour commenté rend les femmes idiotes.
La fille, émerveillée, se crut être une ilote
En présence d'un dieu ;
En devint délicate et les amis sérieux
Durent bientôt souffrir ses caprices odieux.
Eux qui vivaient d'horaire et un œil sur la montre,
Virent bientôt le temps de leurs brèves rencontres,
Mangé par la conversation
Et les ratiocinations…
Et la mélancolie, dont leur âme fut prise,
Se remarqua au bilan de leurs entreprises
Qui s'abaissa au point que chacun les crut frits.
Ils durent licencier. Le pays en souffrit.

Mais le hasard — peut-être un déjeuner d'affaires —
Fit qu'un jour les quatre michés,
Se connurent, se devinèrent —
Ils étaient attendris, ils étaient éméchés —
De description prudente en description prudente,
Finirent par lâcher le nom de leur amante
Et se découvrirent trompés.
Bien loin de se couvrir vulgairement d'insultes,
De se battre, de s'agonir,
Ou d'essayer chacun de poursuivre une lutte
Qu'ils devinaient sans avenir :
Au dessert de ce long repas coûteux et triste —
C'était quatre patrons puissants et réalistes —
Ils décidèrent de s'unir
Et d'offrir tous les quatre une assez grosse somme,
À cet impécunieux jeune homme,
Afin qu'il puisse, à son tour, fréquemment,
Mener la belle au restaurant.

Ce qui devait arriver
Arriva. Le jeune homme
N'apporta plus jamais de pomme.
Riche et gavé,
Perdant dans les pousse-café
Un temps précieux, joint au temps vide
Qu'il faut aux bons endroits pour avoir l'addition
Des maîtres d'hôtel impavides ;
Puis le travail au lit qui était l'essentiel…

Juste un tour au septième ciel
Il fallait revenir —
La soirée passait vite —
Et bientôt songer à partir.

Je vais vous la conter, mais vous savez la suite…
Le garçon parla moins, puis se tut tout autant
Que les quatre amants de province,
Son temps de poésie mangé au restaurant.
Il était timoré, ayant peur qu'on le pince.
Minuit sonnant,
Sautant sur son engin rapide,
Il n'avait que le temps,
Abandonnant dans ses draps chauds l'enfant
languide,
De retourner chez ses trop sévères parents.

À ce point l'histoire s'arrange
Et vainc le canard à l'orange.
N'entendant plus parler d'amour,
La fille y crut moins un beau jour ;
Et perdant sa mélancolie,
Refit aux quatre amis sérieux,
Aimable vie.
Et tous les six, dès lors, vécurent très heureux.
L'amour s'enfuit de son élégant pied-à-terre
Et s'en alla chercher refuge en Angleterre,

Où la gastronomie n'a pas droit de cité ;
Et où l'on dit que du dernier des pauvres hères,
Jusqu'au Lord de l'Amirauté,
Les amants font l'amour au thé

L'ENTERREMENT

Le chien suivait l'enterrement du maître.
Il pensait aux caresses ;
Et il pensait aux coups.
Les caresses étaient plus fortes…

Dans le cortège, on s'indignait beaucoup.
On excusait la veuve — elle était comme morte.
On pardonnait à la maîtresse
(Elle était morte aussi).
Mais, qu'en la présence du prêtre,
La bonne ait pu laisser vagabonder ainsi
Ce chien au milieu du cortège !
Ah ! Ces filles vraiment ne se font nul souci.
Quelqu'un, l'ordonnateur, la famille, que sais-je ?
Aurait dû l'obliger à attacher le chien !
Elle-même, voyons ! C'est une propre à rien
Qui n'avait même pas l'excuse du chagrin.
Pourquoi la gardaient-ils ? Un ménage d'artistes…
De véritables bohémiens.

Ce monde-là vivait d'une étrange manière…
De coup de pied en coup de pied dans le derrière,
Rejeté à la queue du cortège, le chien
Songeait que seule la bonne était triste ;
La bonne qui ne disait rien,
Et à qui ne parlait personne.
Il suivit jusqu'au bout aux côtés de la bonne.
Au cimetière, tous les deux au dernier rang
Ils écoutèrent le discours du président
De la Société des Auteurs Dramatiques.
À la fin, las du pathétique,
Le chien s'avança posément
Et, pour venger un peu la bonne,
Il pissa sur une couronne.

LES TROIS LIONS

Trois lions fumaient à la terrasse d'un café,
Le premier dit : « Avez-vous remarqué,
Comme l'été les femmes sont plus belles ?
La légère sueur qui perle à leurs aisselles,
Imprime un halo tendre à leurs robes légères.
Elles s'entrouvrent et se mettent à sentir bon ;
Et ce parfum me parle et suffit à me plaire… »
« Je vous suis mal, dit le second,
J'ai toujours pour ma part eu le goût des bergères ;
Il m'est même arrivé, ayant pris le mouton,
De le reposer là pour renifler la fille.
Mais, lorsque je suis à Paris,
Cette ville où l'esprit et l'élégance brillent,
Il me faut gibier de marquis.
Je chasse la femme du monde.
J'ai besoin de conversation. »
« Pour moi, dit le troisième lion,
Je les aime grasses et blondes. »
Ayant dit, il se mit à fumer lentement.
On ne put lui tirer d'autre renseignement.

Les deux premiers se mirent, oubliant la rue,
À comparer courtoisement leurs points de vue.
C'était l'heure de la sortie des magasins,
L'heure troublante où dactylos et mannequins
Jettent sur l'Opéra un troupeau de gazelles.
L'heure tendre à Paris, six heures, un soir d'été,
Où même les laides sont belles...
Les deux lions, comparant l'esprit à la beauté,
En vinrent à parler de la pérennité,
De l'authenticité, de la médiacité,
Du soi et de l'en-soi, de l'être et du non-être.
L'un dit que Sartre était son maître
Et l'autre le dit dépassé.
Ils en furent bientôt aux pires apostrophes
En se jetant au nez des noms de philosophes.

Le troisième n'écoutait pas.
À un certain moment il paya, se leva
Et partit avec une femme blonde et grasse.
Les autres firent tant de bruit à la terrasse
Qu'à la demande des clients,
Le gérant
Envoya chercher les agents.
Leur venue mit fin à la scène.
Les papiers des deux lions furent vérifiés.
C'était bien leur jour de congé,
Mais il était minuit sonné :
Le car les emmena vers le Zoo de Vincennes
À peu faire et avoir trop dit

Ils avaient gâché leur jeudi.
L'autre, parti à petit bruit,
En les laissant se disputer à la terrasse,
Aima la femme blonde et grasse
Puis la mangea sur le matin.
Et comme c'était un lion sage,
Rompu d'amour, n'ayant plus faim,
Il s'en retourna à sa cage.

Le directeur lui pardonna
Car, lui, n'avait pas fait d'esclandre.
On n'a jamais que ce qu'on a.
Encor faut-il savoir le prendre.

LE CHÊNE ET LE ROSEAU

Le chêne un jour dit au roseau :
« N'êtes-vous pas lassé d'écouter cette fable ?
La morale en est détestable ;
Les hommes bien légers de l'apprendre aux marmots.
Plier, plier toujours, n'est-ce pas déjà trop,
Le pli de l'humaine nature ? »
« Voire, dit le roseau, il ne fait pas trop beau ;
Le vent qui secoue vos ramures
(Si je puis en juger à niveau de roseau)
Pourrait vous prouver, d'aventure,
Que nous autres, petites gens,
Si faibles, si chétifs, si humbles, si prudents,
Dont la petite vie est le souci constant,
Résistons pourtant mieux aux tempêtes du monde,
Que certains orgueilleux qui s'imaginent grands. »

Le vent se lève sur ses mots, l'orage gronde.
Et le souffle profond qui dévaste les bois,
Tout comme la première fois,

Jette le chêne fier qui le narguait par terre.
« Hé bien, dit le roseau, le cyclone passé —
Il se tenait courbé par un reste de vent —
Qu'en dites-vous donc mon compère ?
(Il ne se fût jamais permis ce mot avant)
Ce que j'avais prédit n'est-il pas arrivé ? »
On sentait dans sa voix sa haine
Satisfaite. Son morne regard allumé.
Le géant, qui souffrait, blessé,
De mille morts, de mille peines,
Eut un sourire triste et beau ;
Et, avant de mourir, regardant le roseau,
Lui dit : « Je suis encore un chêne. »

LE RAT

Un rat sortait de l'Opéra :
Plastron blanc et cravate noire…
C'était un rat dont tout Paris savait l'histoire.
On disait que, pendant l'occupation des chats,
Il avait stocké du gruyère.
Il était décoré pourtant, de mine fière,
Mais de cette fierté incertaine des rats.
Il est rare que ces gens-là
Aient la conscience tranquille…
Portant beau, poil lustré et ras
Ongles faits par les manucures ;
Costumes du meilleur tailleur ;
Dès qu'il sort de l'égout et se fait place en ville
Un rat a voiture
Et chauffeur,
Chevalière d'or, jolies filles.
Cette race toujours inquiète
A besoin pour se rassurer
De s'entourer de beaux objets
L'illusionnant sur sa puissance :

C'est un défaut qui tient au manque de naissance.
Le chauffeur de mon rat, un gros chien du pays,
Décoré d'ailleurs, lui aussi,
Pour avoir combattu les chats héréditaires
Lors de la précédente guerre,
Acceptait ses hauteurs sans lui montrer les dents
Tant le prestige de l'argent
Est, hélas ! puissant chez les bêtes…
« C'est un rat, disait-il, mais c'est un rat honnête.
Il en est. Et la preuve est qu'il est décoré. »
Ah ! mon Dieu que les chiens sont bêtes !…
Pauvres niais abusés, lisant journaux de rats,
Qui ne sauront jamais que ce que rat dira.

Ce soir-là, saluant son maître à la portière,
Le chien ravi lui fit le salut militaire.
Il exultait. La vie lui paraissait plus belle.
Il dit : « Monsieur sait la nouvelle,
Que, pendant que Monsieur écoutait l'opéra,
A donnée la radio ? » — « Qu'importe, dit le rat
Lassé, montant dans son automobile ;
Laissons la radio à un peuple imbécile —
J'ai mes informateurs. » — « Quoi, Monsieur ne sait pas ?
Je crois, Monsieur, qu'il faut, tous deux, qu'on s'y remette
Si on veut faire place nette.
La radio nous annonce une invasion des chats.
Il va falloir tuer tout cha ! »
(Il prononçait à l'auvergnate
Étant chien de Clermont-Ferrand.)

Le rat, entendant
Ces mots, bondit soudain des quatre pattes.
Laissant l'engin de luxe aux portes nickelées,
Dépouillant son plastron, sa pelisse fourrée,
Jetant sa canne et son chapeau
Rat nu, en poil de rat,
Comme au jour de naissance,
Le rat ne fit qu'un bond jusqu'à l'égout voisin
D'où il cria au sot :
« Apprenez, sotte engeance,
Que la race des rats a bien d'autres desseins !
Un rat gras à New York vaut un rat gras à Vienne
Ou à Paris.
Courage, mon ami !
Défendez le pays :
Et lorsque nous aurons enfin
Vaincu la race des félins,
Informez-moi, que je revienne. »

LE CHAT CURÉ

Un chat était curé de Saint-Germain-des-Prés.
Des curés aussi bien logés
Il n'y en a pas tant en France.
Celui-ci aurait dû bénir la Providence :
Il se plaignait de ne pas y trouver
Des souris à sa suffisance.
Non qu'il y eût au Flore, ou même aux Deux-Magots
Pénurie
De souris ;
Mais elles n'aimaient pas les entretiens dévots.
Et les souris qui hantaient son église
Souris tristes à robes grises
Avaient fini par lasser notre chat.
Les justes sont bien décevants pour les apôtres.
À quoi les convertir ? Leurs idées sont les vôtres.
Il rêvait d'arracher les autres au cha cha cha
Aux mégots, à la Rhumerie :
Et de les transformer en enfants de Marie.
Comment y parvenir dans sa robe de chat ?
Chanoine excite la méfiance…

Il fallait entrer dans la danse,
Les amuser, leur plaire, après les convertir.
Il se déguisa en jeune homme,
Vêtu d'un pull-over vert pomme,
Se mit à boire et à sortir,
À traîner la nuit dans les boîtes…
En vain. Il ne rendit nulle souris benoîte.
Il perdit son temps et ses pas.
Après un an d'affreux déboires,
Il comprit, regagna sa cure.
Hélas ! Il dut faire une cure
Et redoubler de dévotion.
À défaut d'une conversion
Il y avait gagné l'habitude de boire.

Pour convertir les demoiselles
Il faut être leur amant.
Si elles vous trouvent charmant,
Peut-être alors écoutent-elles,
Entre deux baisers, la leçon.
Et, pour faire plaisir à celui qu'elles aiment,
Elles deviennent d'elles-mêmes,
Saintes ou putains — selon.
L'amour pour le curé leur tient lieu de sermon.

L'HOMME
ET SES DEUX CHATTES

Un homme avait deux chattes :
Une blanche, une rousse.
Les deux chattes l'aimaient, du moins le croyait-il.
La rousse sortait bien ses griffes de ses pattes
Lorsqu'il la caressait ; mais la blanche était douce
Même en jouant avec la pelote de fil.
Au petit déjeuner qu'il prenait avec elles,
Chaque matin sous sa tonnelle,
Les regardant lapper leur lait
— Petits coups prudents, langues roses —
Volontiers notre homme expliquait
L'amour et son mystère à sa bonne morose.
« Voyez, lui disait-il, qu'elles sont différentes !
Elles m'aiment autant, je le sais, je le sens.
Un étranger croirait pourtant
Que la blanche est la plus aimante ;
Elle ronronne dès que j'approche la main.
Détrompez-vous ; la blanche est la plus douce ;
L'autre griffe, mais que, demain,
J'oublie de caresser la rousse :

Son beau petit regard en sera rembruni.
L'amour n'est pas toujours un sentiment uni ;
C'est vrai pour l'homme et pour la chatte.
Remarquez que la blanche, aussi bien, en mourrait...
La douceur n'est pas sans passion.
Et ce n'est pas tout que le lait.
« Voire ! disait la bonne en poussant son balai,
Et un profond soupir de commisération,
Que Monsieur essaie donc, un jour,
D'oublier le lait dans la jatte.
Notre homme, brisant là, pensait que les commères
Ont sur les subtilités de l'amour
Des vues extrêmement sommaires.

L'idylle aurait duré toujours ;
Mais le destin voulut que les chattes grandissent ;
Et qu'au premier concert donné par un matou
Une nuit, elles déguerpissent.

Devant l'homme navré, tout seul avec sa jatte,
Qui contemplait son inutile lait,
La bonne posant son balai
Se planta et lui dit, les deux mains sur les hanches :
« Maintenant qu'on n'a plus les chattes
Le plus triste est qu'on se demandera toujours,
Ou de la rousse ou de la blanche,

Laquelle aimait le mieux Monsieur ! »
Notre homme détourna les yeux…

Les filles sont toujours sur la plus haute branche ;
Tout s'envole quand vient la saison des amours.

LE PROCÈS

Un commando de rats en pays ennemi
Découvrit un chat endormi.
Il avait, par erreur, lappé un somnifère.
Ils le prirent, le ligotèrent ;
Au lieu de le faire périr
En le faisant un peu souffrir —
Comme chacun attendait qu'ils le fissent —
Pour tirer plus grand bénéfice
De leur insolite succès,
Ils préparèrent son procès.
Un solennel lit de justice
Devant les délégués de tous les animaux.
Ils avaient souffert tant de maux,
Ce chat avait tué tant de rats dans sa vie,
Que chacun admit leur envie
De faire partout retentir
Qu'ils étaient un peuple martyr.
(Au reste, ces temps-là, la grande presse rate
Manquait un peu d'affaires scélérates,
Qui, chacun sait, font le tirage des journaux.)

Faisant appel à la conscience universelle
— Toujours sensible à des crimes commis ailleurs —
Ils purent rassembler (tous frais payés d'ailleurs)
Un vieux lion portant encor belle
(Il était pédéraste et chacun le savait),
Un loup maigre au regard mauvais,
Un couple myope de gazelles
Au courage un peu incertain,
Une girafe protestante, plusieurs singes
Qui écrivaient dans des journaux américains,
Deux ânes de peu de méninges
— Mais qu'on disait fort bien placés
Près du Gouvernement français —
Un chien pelé, rêvant d'un os
(Au demeurant assez bonasse)
Et, enfin, un rhinocéros,
Qui prit à lui tout seul la moitié de la place.
En vérité, quoiqu'ils fussent flattés,
D'une présence aussi considérable,
En grand danger d'être écrasés,
Bien des rats eussent préféré
Que le lourd animal retourne à son étable.
Mais, enfin, il représentait
Un très puissant trust hollandais
Qui contrôlait toutes les mines
Où le peuple des rats avait des intérêts.
On dut lui faire bonne mine.

Tout le monde étant là, le procès commença.
On n'avait à juger qu'un chat :
Mais l'occasion était trop belle,
Le monde entier s'occupant d'eux :
Les rats, gonflés d'orgueil, voulurent montrer quelles
Avaient pu être leurs souffrances
Depuis le temps de leurs aïeux.
Remontant l'Histoire de France,
Ils partirent de Rodilard,
Premier chef honni de la clique :
Ils détaillèrent les massacres
Innombrables de ce soudard,
Dès le lendemain de son sacre.
On dut subir les statistiques
De tant de tueries, de carnages,
Que bientôt on n'écoutait plus.
Quand le lion, qui n'en pouvait plus,
Demanda qu'on fît une pose
Pour aller manger quelque chose,
Le procureur était en nage :
On n'en était qu'au Moyen Âge.

La suspension ne fit d'ailleurs pas bon effet.
On avait oublié de prévoir un buffet.
(Le lion croqua discrètement une gazelle
Qu'il avait surprise au vestiaire —
Les autres n'eurent rien et parurent vexés,
Ce qui alourdit l'atmosphère.)

Dans les couloirs on papotait sur le procès.
Les singes excités propageaient des nouvelles
Fausses, qui vraies eussent été sensationnelles :
C'est le petit défaut de leur profession.
De l'avis général, cela semblait bien long.
Bien sûr, ce Rodilard, ou bien ce Rodilon,
Avait beaucoup tué, mais l'époque était dure…
« Chez les autres aussi, on avait massacré »,
Fit remarquer l'autre gazelle rougissante…
(Le lion mit son monocle, il la trouvait charmante.)
« Tout cela c'était bien avant que le progrès
Et les lumières ne parurent ! »
Dit la girafe, de toute sa hauteur.
On remarqua qu'elle avait un col de pasteur,
Mais si loin sur son cou qu'on n'y avait pris garde.
Le chat seul se taisait,
Calme, entre ses deux gardes ;
Mais son œil semblait amusé.

Sous le lourd soleil de midi
À la reprise de l'audience, on s'endormit.
On arrivait à Raminagrobis
Et la promulgation de ses lois scélérates
Qui décimèrent rats et rates,
Au début du seizième, quand la brise du soir
Vint rendre à chacun quelque espoir.
Apprenant où on en était
Lord Lion, avec beaucoup d'autorité,
Décréta, qu'en effet, la cause était cruelle
Mais qu'on l'attendait à son club ;

Qu'avant il devait prendre un tub :
C'était assez pour lui. Les rats épouvantés,
Chacun l'ayant suivi, tentèrent d'arrêter
Cette débâcle de la conscience universelle…
« Attendez ! criaient-ils, on n'en est qu'au début !
Vous verrez que les chats ont massacré bien plus,
Encor, pendant la période moderne. »
Un des ânes, une solennelle baderne,
Qui portait en sautoir une Légion d'honneur,
Leur dit : « Messieurs, toutes choses
Étant, d'ailleurs, ce qu'elles sont :
Je vous ai compris. Votre cause
Est juste et de l'excès même de vos malheurs,
Étant donné la conjoncture,
Vous devez tirer la leçon.
Raterie de papa est morte ! Il faut tenir,
Chats et rats, une conférence
Et décider à quel nombre de rats
Les chats ont droit avec décence.
Il est des villes d'eaux en France
Disposées à vous accueillir. »

Les rats se récrièrent, ils étaient pour la lutte,
D'autant plus qu'ils tenaient le chat.
Le chien dit : « Si nombreux, Messieurs, que vous mourûtes,
La journée se termine et j'ai besoin de prendre.
J'avais espéré, je ne le cache pas,
Qu'on m'aurait chargé d'expédier le chat.
Mais on n'est pas près de le pendre

Du train où nous allons. Je vais chercher un os. »
Il s'esquiva. On se tourna vers le rhinocéros.
« Messieurs, dit-il, d'une curieuse voix fluette —
Inattendue dans un corps tellement massif —
Messieurs, voilà belle lurette,
D'un point de vue spéculatif,
Que j'étudie la judiciaire —
Pour délasser un peu mon esprit des affaires
Importantes, dont j'assure le contentieux.
Si vous le voulez bien, Messieurs,
Laissons la partie historique
Qui nous fait tourner en bourrique...
(L'âne à ces mots prit un air outragé.)
Votre procès n'est pas bien engagé.
Vous accusez le chat, ici présent, d'avoir mangé
Bon nombre de vos congénères.
D'abord où sont les corps ? »
« Les corps sont dans le chat !
S'écrièrent en chœur les rats —
Et on peut vous montrer les veuves ! »
« Ainsi, il nous faudrait d'abord,
Si je vous comprends bien, autopsier l'accusé
Pour avoir un début de preuve ?
Et s'il a déjà digéré ?
Vous voilà coupables d'un meurtre.
Nous qui représentons ici les pays neutres,
Croyez que nous alerterons
L'opinion internationale...
Nous dénoncerons le scandale,
Votre cas ne sera pas bon,

Devant le concert des Nations !
Car il ferait beau voir qu'un principe périsse !...
Vous avez décidé d'invoquer la justice,
Au lieu d'occire votre chat le premier jour :
Justice doit suivre son cours. »
Les rats étaient extrêmement perplexes.
Trottinant, remuant leur nez qu'ils ont fort long
Sourcils en accent circonflexe,
Rats toujours inquiets de ce que l'on dira ;
Ils commencèrent des controverses de rats.
Ils y seraient encor, dit-on,
Si le chat
N'eût eu soudain un bon réflexe.
À un moment qu'on n'y prenait pas garde,
Il bondit, croqua ses deux gardes
Et s'esquiva
Modestement.

Le loup, muet, le suivit silencieusement.
Il n'avait pas paru, au cours de l'audience,
S'intéresser beaucoup à sa défense ;
Mais il comptait le joindre au coin d'un bois voisin
Pour un court moment d'entretien.
Car il trouvait le chat plus fin que le lapin,
Contre ce qu'un vain peuple pense.
Ne jouons pas à la justice
Quand nous n'avons pas le cœur pur.
Sur un crime, le monde glisse.
Un procès n'est jamais sûr.

LA MORT DU LABOUREUR

Un laboureur mourait tout seul.
Il était entouré de toute sa famille
Et il les entendait discuter du linceul :
Le drap choisi trop beau, la dépense inutile ;
Un vieux drap serait bon…
Parfois le moribond,
Qui semble loin déjà, a l'ouïe encor entière.
Le pauvre écoutait tout dans son carcan de plomb,
Et il ne pouvait pas leur crier de se taire.
Être pillé n'est rien : il n'était plus aimé.
Il était vieux, il était laid ;
Et pour de maigres grains, depuis longtemps germés,
Il avait trop longtemps labouré cette terre…
Et même ses petites-filles,
Pour qui son vieux cœur sec avait soudain molli,
N'étaient pas gentilles
Avec lui.
Elles lui souriaient, parées, les jours de fête ;
Mais il voyait très bien qu'elles faisaient la bête.
L'amour pour toujours avait fui.

De tout son long labeur pour que la maison vive,
Des plaisirs refusés, des filles entrevues
Jamais abordées dans les rues
(D'une, au fond de son cœur, une plaie restait vive) ;
De cette longue patience, sans amour,
Près de sa femme, à écouter ses litanies ;
Que restait-il ce dernier jour,
Ce court dernier jour de sa vie ?
Et des navires en partance
Qui s'en allaient aux colonies ?
Mourant, il revivait une vieille souffrance,
Immobile sur le rivage…

Puisqu'aussi bien on fait seul le voyage
Et que l'amour n'est jamais partagé,
Le sage pense à lui avant que son poil grise…
Il est dur de l'apprendre âgé :
Comme on est seul
Dans son linceul,
On est tout seul dans sa chemise.

LA CIGALE

La cigale ayant chanté
Tout l'été,
Dans maints casinos, maintes boîtes
Se trouva fort bien pourvue
Quand la bise fut venue.
Elle en avait à gauche, elle en avait à droite,
Dans plusieurs établissements.
Restait à assurer un fécond placement.

Elle alla trouver un renard,
Spécialisé dans les prêts hypothécaires
Qui, la voyant entrer l'œil noyé sous le fard,
Tout enfantine et minaudière,
Crut qu'il tenait la bonne affaire.
« Madame, lui dit-il, j'ai le plus grand respect
Pour votre art et pour les artistes.
L'argent, hélas ! n'est qu'un aspect
Bien trivial, je dirais bien triste,
Si nous n'en avions tous besoin,

De la condition humaine.
L'argent réclame des soins.
Il ne doit pourtant pas devenir une gêne.
À d'autres qui n'ont pas vos dons de poésie
Vous qui planez, laissez, laissez le rôle ingrat
De gérer vos économies,
À de trop bas calculs votre art s'étiolera.
Vous perdriez votre génie.
Signez donc ce petit blanc-seing
Et ne vous occupez de rien. »
Souriant avec bonhomie,
« Croyez, Madame, ajouta-t-il, je voudrais, moi,
Pouvoir, tout comme vous, ne sacrifier qu'aux muses ! »

Il tendait son papier. « Je crois que l'on s'amuse »,
Lui dit la cigale, l'œil froid.
Le renard, tout sucre et tout miel,
Vit un regard d'acier briller sous le rimmel.
« Si j'ai frappé à votre porte,
Sachant le taux exorbitant que vous prenez,
C'est que j'entends que la chose rapporte.
Je sais votre taux d'intérêt.
C'est le mien. Vous l'augmenterez
Légèrement, pour trouver votre bénéfice.
J'entends que mon tas d'or grossisse.
J'ai un serpent pour avocat.
Il passera demain discuter du contrat. »
L'œil perdu, ayant vérifié son fard,
Drapée avec élégance

Dans une cape de renard
(Que le renard feignit de ne pas avoir vue),
Elle précisa en sortant :
« Je veux que vous prêtiez aux pauvres seulement... »
(Ce dernier trait rendit au renard l'espérance.)
« Oui, conclut la cigale au sourire charmant,
On dit qu'en cas de non-paiement
D'une ou l'autre des échéances,
C'est eux dont on vend tout le plus facilement. »

Maître Renard qui se croyait cynique
S'inclina. Mais depuis, il apprend la musique.

L'OISEAU RARE

Des canards vexés, des oies satisfaites,
Au bord d'un étang, regardaient passer
Un oiseau royal dont la fière aigrette
Les faisait glousser.
« Mais regardez donc, quelle outrecuidance,
S'en venir ici narguer le fermier !
— Vraiment, vous trouvez, c'est de l'élégance ?
Si c'est ça le goût des grands couturiers !
— Une robe grise, une robe blanche,
Voilà ce qu'il faut aux bêtes honnêtes !
— Pour rien au monde je ne porterais d'aigrettes !
Gémit avec effroi
Une oie,
À qui jamais quelqu'un n'en aurait proposé.
— Et c'est un mâle ! criaient les canards courroucés.
S'il devait travailler pour vivre, tout crotté,
Il aurait bien le temps de les lisser, ses plumes ! »

Un rayon de soleil, qui sortit de la brume,
Les fit taire un instant, inondant l'inconnu

D'or et de pourpre au milieu de l'étang.
Ils se reprirent vite et ils crièrent tant
Que l'homme, enfin prévenu,
Sortit fusil en main et, du seuil de la ferme,
Tira. L'oiseau blessé gagna la terre ferme,
Se coucha et mourut sans un regard
À la basse-cour caquetante.
« Un peu plus tôt, un peu plus tard,
Ça devait arriver ! dirent les oies contentes.
— Il n'a que ce qu'il est venu chercher !
Que gagne-t-on à se faire remarquer ?
— Nous n'avons pas, sur notre tête, une couronne,
Mais du moins nous vivons, et la vie est bien bonne »,
Conclurent-ils tous, satisfaits.

Le fermier prit l'oiseau et pour sa fiancée
Avec ses plumes d'or fit un chapeau de fée.
Aux fiançailles, qui eurent lieu deux jours plus tard,
L'oiseau d'or fit rosir de joie la jeune fille
Qui se sentit belle et aimée…
Pour le reste de la famille
Et pour le gros des invités
— Ne se nourrissant pas seulement de beauté —
Dans une bonne fricassée,
Chacun devant, un peu plus tôt, un peu plus tard,
Jouer son rôle,
Mesdames les oies et Messieurs les canards
Passèrent à la casserole.

LA DISPUTE

Une femme avait rénové
L'art délicat de la dispute.
Non qu'il se puisse rien trouver,
Depuis qu'hommes et femmes aux uns les autres en butte,
Des diverses façons de se faire du mal
Ont étudié la théorie.
Mais enfin, celle-ci, charmante dans la vie,
Et avec ses amis d'un caractère égal,
Avait, avec beaucoup d'ingéniosité,
Mis au point un curieux et nouveau procédé
De l'art très ancien d'exaspérer le mâle.
Elle avait inventé la dispute en spirale.

La recette en est simple. Appâtez avec rien
(Il faut bien commencer) : un grief sans raison.
Puis, attaquez à petit feu, en prenant soin
Que la dispute ne vienne à ébullition
Sur ce premier motif, qui n'était qu'une amorce.
Quand la pâte est un peu montée, utilisez

Un reproche connu, aux effets éprouvés.
Mijotez un instant ; quand la chose se corse
Prenez un reproche majeur :
Une insulte à votre famille ;
Ou ce qu'il a brisé en vous,
Saccageant votre petit cœur,
Quand il vous a pris, jeune fille…
(Une formule : « C'est comme le jour où… »
Suffit presque toujours pour changer de reproche)
Et c'est ainsi que, peu à peu, de proche
En proche,
Si vous savez élégamment lier le tout,
Vous amenez votre homme à bout.
Parvenue là, ayant su garder son empire,
Si elle a bien choisi son moment pour pleurer,
Une femme entendue peut enfin commencer
À dire ce qu'elle a à dire.

Ayant d'abord sombré dans la mélancolie
Car il l'aimait encor (sa femme était jolie)
Le mari avait éventé le procédé.
Un jour il crut avoir trouvé
— C'était simple, encor fallait-il y penser —
Le moyen de remettre un peu d'ordre en sa vie.
Comme elle détaillait un de ses attentats,
S'inclinant avec courtoisie,
Il lui dit simplement « Chérie,
Adressez-vous donc à mon avocat. »
Le lendemain, Maître Garçon

Se présentait chez cette dame.
Au juste, que reprochait-on ?
De lui avoir brisé son âme ?
Où, comment, de quelle façon ?
On exigeait des précisions.
L'avocat était calme et n'y était pour rien.
La femme dut mettre du sien
Le climat passionnel qui manquait à la chose,
Maître Garçon maniant en maître l'eau de rose ;
Elle vit qu'elle était en train
De perdre beaucoup de terrain.
Il fallait trouver la parade.
Brisant là, elle remit au lendemain.

Le lendemain, à la première algarade,
« Voyez mon avocat », dit l'homme s'esquivant,
En coup de vent.
Arrivé au bureau, il eut une surprise :
On annonçait Maître Floriot.
« Je suis, Monsieur, lui dit le Maître,
Chargé par Madame de mettre
Les points sur les i, sans façons.
Ma cliente est toujours éprise.
Aucune solution de force ;
Nous ne voulons pas le divorce ;
Rien qu'une franche explication.
Vous avez mal agi, il suffit de l'admettre. »
« Pour tous renseignements, cher Maître,
Dit l'homme, voyez Garçon. »

Les deux Maîtres s'invitèrent, mutuellement,
Pour transiger devant des huîtres, chez Drouant.

Notre homme emmena sa femme à Versailles,
Au restaurant où s'étaient faites leurs fiançailles.
Le repas fut charmant et calme —
Leurs avocats devant régler pour eux —
La table fleurie sous les palmes
Dans un coin de jardin heureux.
Le garçon crut servir un couple d'amoureux —
Adultère — vu les alliances ;
Mais ce détail avait pour lui peu d'importance.

Chez Drouant, après les premiers mots d'esprit,
L'atmosphère soudain s'aigrit.
« Mon cher, disait Garçon, parfois vous êtes prude
— À Floriot contracté —
Vous refusez au lit les moindres privautés…
Passe un godelureau, vous changez d'attitude.
Ne parlons pas des plages en été,
Où vous vous enivrez de votre nudité,
Croupe offerte, Madame, et vous vous dites honnête !
Voulez-vous des détails précis ?
J'ai mesuré vos bikinis !
Une fille, mon cher, voilà ce que vous êtes. »
« Ah ! ricanait Floriot, de ce lit, parlons-en !
(À son tour Garçon était pâle)

Combien de fois, je ne dis pas par mois, par an,
Faites-vous vos devoirs de mâle ?
(Floriot levait un doigt aux cieux)
Je suis une femme insatisfaite, Monsieur ! »
« Soyez un peu plus séduisante !
Hurlait Garçon, à Floriot furibond,
Apprenez à être une amante,
Madame, avant d'avoir le front,
De douter de nos aptitudes.
Ayez donc du tempérament ! »
« Sachez donc que si je suis prude,
Comme il vous plaît de le dire, Monsieur,
(Jetait Floriot, yeux dans les yeux,
À Garçon rattrapant sa mèche)
C'est que vous êtes maladroit !
Je suis femme et serai à qui saura me prendre !
Mais vous, morne et brutal voyou ! » — « Pimbêche ! »
Garçon et Floriot écumants
En firent tant
Que le gérant
Les expulsa de chez Drouant.

À Montfort-l'Amaury, leurs clients, chez Carrère,
Prenaient le thé, surpris de la douceur du jour.
Sur le soir, ils demandèrent
Une chambre et firent l'amour.
Moralité : Ne faites pas
Le travail de vos avocats.

Tout le mal vient de la tête.
Les corps sont souvent amis
Et, le temps qu'ils se font fête,
Il faut leur être soumis.

LE CHAT BOURGEOIS

Un chat tuait sans vrai désir.
C'était un chat très riche et il n'avait pas faim.
Il faut bien se distraire, enfin :
Chat bourgeois a tant de loisirs...
On ne peut pas toujours dormir sur un coussin.
De souris, il ne mangeait guère ;
Son pedigree fameux l'ayant mis au-dessus
Des nourritures du vulgaire.
Son régime était strict. Cet immeuble cossu,
En outre visité, à dates périodiques,
Par les services de la dératisation,
Gens aux procédés scientifiques,
Tuant sans joie ni passion,
Au nom de l'administration,
De rat, de vrai bon rat, qui fuit et qu'on rattrape
Négligemment, ne le tuant qu'à petits coups
Sans tuer son espoir — vrai plaisir de satrape —
Il n'y en avait plus du tout
Avec leurs poisons et leurs trappes.
Restaient quelques moineaux bêtes et citadins,

Race ingrate
Qu'on étendait d'un coup de patte :
Assez misérable fretin.
Mais un jour d'été,
Oubliant les rats,
L'employé du service d'hygiène ne vint pas.
On l'avait convoqué
Sur une autre frontière,
Pour tuer cette fois des hommes. Et la guerre,
Approchant à grands pas des quartiers élégants,
Les maîtres de mon chat durent fuir sans leurs gants,
En un quart d'heure, sur les routes incertaines.
Dans l'impérieux souci de sauver leur bedaine
Ils oublièrent tout, les bonnes et le chat.

Les bonnes changèrent d'état.
Loin de Madame, violées par des militaires,
Elles si réservées, elles se révélèrent
Putains de beaucoup de talent.
Leur train de vie devint tout à coup opulent
Et elles prirent une bonne.

Après un temps de désarroi,
Le chat, devenu chat, comprit qu'il était roi ;
Que la faim est divine et que la lutte est bonne.
D'un œil blanc, d'une oreille arrachée aux combats
Dont il sortit vainqueur contre les autres chats,
Il paya ses amours royales sous la lune.

Sans régime et sans soin, ne mangeant que du rat
Il perdit son poil angora
Qui ne tenait qu'à sa fortune
Et auquel il ne tenait pas ;
Il y gagna la mine altière
Et l'orgueil des chats de gouttière,
Et bénit à jamais la guerre
Qui offre aux chats maigris des chattes et des rats.

Jamais ce que l'on vous donne
Ne vaudra ce que l'on prend
Avec sa griffe et sa dent.
La vie ne donne à personne.

LE BERNARD-L'HERMITE

Un bernard-l'hermite rêvait
Au balcon de son coquillage.
Il aimait sa maison, y avait fait des frais,
Et comptait y finir le reste de son âge.
Un beau soir en tombant baigne de componction
L'âme émue des propriétaires.
Jugeant de loin le flux des humaines passions,
Ils se figurent que la terre
S'arrête au bout de leur jardin
Et le sien lui semblait sans fin…
(Jusqu'à la marée prochaine).
« Terre, s'écriait-il, terre de mes aînés,
Payée de sueur et de peine !
Vieilles pierres où je suis né !
Lit ancien où conçut ma mère !
Seuil, où le père de mon père
Rêvait déjà devant la mort d'un soir d'été…
Aux gens bien nés, mon Dieu, que la patrie est chère !… »
Il eût continué jusqu'au bout sur ce ton,

Se croyant tout de bon gentilhomme breton ;
Si un crabe passant, la démarche incertaine,
Fuyant on ne sait quoi, ne lui avait crié :
« Va te faire lan laine !
Grouille donc, crabe comme moi !
Tu fuis depuis le temps d'Hérode.
J'ai connu le gastéropode,
De qui tu occupes le toit. »

LES DEUX JUMEAUX

La Reine et le Roi — le Roi et la Reine,
Plus exactement —
Car la Reine, un peu gênée par sa traîne,
Suivait lentement ;
Traversant un jour le pays breton
Pour aller à Nantes,
Entrèrent (le Roi pour pisser, dit-on)
Chez une manante
Qui les salua, pour se prosterner
Plongeant à grand-peine,
Car elle accouchait. « Je veux, dit la Reine,
Que ce trait touchait,
De ce nouveau-né être la marraine. »
Qui fut dit, fut fait.
Le Roi soulagé, partit la voiture,
Resta l'intendant,
Qui but — attendant sa progéniture —
Le vin du manant.
Sur le soir, enfin, vinrent deux jumeaux.
L'intendant, sans ordres,

Signa au registre au premier marmot
Et, sans en démordre,
Fit signer pour l'autre à un matelot
Qui fumait sa pipe
Au café voisin, observant le vent,
Comme ils font souvent,
L'œil sur le lointain, le rhum à la tripe.

Les jumeaux grandirent.
La guerre survint et le matelot,
Sur un grand navire,
Mandé par le Roi, s'en alla bientôt.
Et les gens se dirent :
« Nés le même jour, l'un a de la chance.
L'autre n'en a pas ;
Reine pour marraine et pour l'autre un gars
Toujours en partance,
Qui n'a même pas un pantalon neuf !
L'un d'eux sera riche,
Poussé par la cour, l'autre n'aura rien. »
Mais saint Aurélien,
Patron du pays, n'aime pas qu'on triche —
Du moins à Pléneuf.
Il vit le seigneur ; avec éloquence
Parla du garçon ;
Et, comme on était en quatre-vingt-neuf,
Ce ne fut pas long :
Dès le lendemain, la Révolution
Éclata en France.

Les peuples furieux coupèrent le cou
Un jour à la Reine.
Et le matelot, se battant partout,
Toujours à la peine
Contre les Anglais, leur fit tant de mal
Que le Directoire,
Pour son sang versé, et pour ses victoires,
Le fit amiral.
Celui des jumeaux, de cadeaux privé,
Reçut une montre
De son bon parrain, en or, avec clé.
Le privilégié
Fit, comme l'on dit, mauvaise rencontre.
Car, dans un café,
Un officier bleu ayant insulté
La Reine de France,
Il le provoqua et mourut tué
Dans bien des souffrances.

Cette histoire a un refrain
Qui peut donner l'espérance
À ceux qui n'ont pas de chance…
Qu'ils méditent ce quatrain :
« Si la marraine
N'est pas reine,
Que le parrain
Soit marin. »

LE LIÈVRE ET LE LION

« Que vous êtes peureux ! dit le lion au lièvre.
Une ombre, un souffle, un rien
(Comme dit le bon fabuliste),
Et vous voilà déjà loin,
Ayant parcouru la piste,
Essoufflé, tremblant de fièvre
Et d'effroi ;
Ayant fui vous ne savez quoi...
Vous n'êtes pas gentilhomme, je le sais bien ;
Mais, fût-on un homme de rien
Qui fait comme vous des ménages
(Le lion l'avait pris pour nettoyer
Sa tannière, toujours sale après le carnage),
On se doit d'avoir, sinon du courage —
Admettons que ce n'est pas là votre métier —
Tout au moins un peu de décence...
Pauvre France !
Elle est jolie la nouvelle génération. »
« Pardonnez-moi, dit le lièvre au lion,
De vous poser une question.

De quoi avez-vous peur
Vous, Monseigneur ? »
« Moi ? rugit le lion en frisant sa moustache,
De rien,
Vous le savez bien ! »
La conversation devenant familière,
Il se leva noblement sur son derrière
Et dit :
« Nettoyez donc un peu dans ce coin, mon ami,
Je crois avoir laissé des crottes. »
« Mais enfin, l'homme et son fusil »,
Dit le lièvre, avalant sa glotte.
Le lion fronça le sourcil tout à coup
Et se dressa, toisant l'ilote
De toute sa hauteur : « Je n'aime pas beaucoup,
Rugit-il, que l'on insinue
Que je peux avoir peur ! La peur m'est inconnue,
Je vous l'ai dit déjà.
Et l'homme n'est pas né qui m'intimidera !
L'homme lance son feu. C'est bon. J'avance
Sur lui. S'il m'atteint — il m'est déjà arrivé
D'être blessé —
La belle affaire que quelques jours de souffrances !
On se cache, on lèche et relèche
Le trou.
Et puis, lorsque la plaie est sèche,
On y retourne, voilà tout. »
« Que savez-vous donc du courage ? »
« Hein ? » fit le lion, qui crut avoir mal entendu.
Le lièvre prit une distance qu'il crut sage,

Et poursuivit, un peu tordu :
« Moi, rien qu'à vous parler, voyez, je suis en nage.
Et je dépense en un seul jour
Plus d'énergie,
À ne pas fuir chaque fois que j'en ai envie,
Qu'il ne vous en faudra dans toute votre vie,
Avec votre crinière et vos grosses moustaches,
Pour terroriser toute une lieue alentour.
Quoiqu'on n'y pense pas toujours :
Les vrais héros, ce sont les lâches. »
Il dit et détala, laissant son tablier.
Il court encor, dit-on.

Le lion, un peu ennuyé
(Il faut bien que quelqu'un astique,
Et au désert, on ne trouve plus de domestiques)
Sortit, feignant de manger un quartier de mouton,
Et vérifia soigneusement si personne
Ne l'avait vu être familier avec sa bonne.
Il craignait le qu'en-dira-t-on.

LE CHIEN PELÉ

Un chien pelé, boiteux, que personne n'aimait,
Sauva un jour une petite fille
Qui se noyait.
Il fut fêté par la famille.
Tout un jour, caressé, il vécut en héros.
On lui donna du sucre, on lui donna des os…
La petite exigea que le soir, à l'étage,
Il dormît au pied de son lit.
L'enfant était choyée. On dit : « Et s'il salit ?
Un chien galeux sur un tapis, ce n'est pas sage… »
Mais elle était au bord des larmes,
On accepta le chien ;
En se promettant bien
Qu'on le renverrait, passée cette alarme.

Le chien dormit comme un évêque et fit un rêve.
Une île peuplée de chats,
Dont il était le pacha.
Il cassait quelques reins, le matin, pour l'hygiène,

En se promenant sur la grève ;
Puis, il s'étendait mollement,
Tandis qu'une esclave indigène
Éduquée tout spécialement
(Gratter un dos est une science),
Venait le gratter en silence...
Aux repas : Os en abondance...
Il choisissait nonchalamment.
Mais surtout, despotique et tendre, sur cette île,
Régnait une petite fille,
Qui le comblait de sa tendresse...
Il avait de tous temps rêvé d'une maîtresse.

Au réveil, la petite dit : « Il a ronflé.
Je ne veux plus du sale chien, il sent la crotte ! »
Le chien fut promptement chassé.
La queue basse, il fit une petite trotte,
Reniflant les odeurs charmantes du pavé.
Vers midi il revint s'enquérir du menu,
À tout hasard, l'air ingénu.
On venait justement de laver la cuisine :
La bonne l'expulsa d'un coup de pied au cul.

Les ouvriers, qui sortaient de l'usine,
Défilaient devant la maison du directeur.
Ils portaient des pancartes ; ils poussaient des clameurs.
« Plus de salaires de famine ! »
« Assez de travailler pour rien ! »

« Les hommes ne sont pas des chiens ! »
Un homme ramassa une pierre et fit mine
De la lancer vers les fenêtres de l'enfant.
Le chien bondit et le mordit cruellement.
Pris pour le chien de la maison
Et, malgré sa dégaine triste,
Pour un affreux capitaliste —
À défaut de la direction,
Les ouvriers, furieux, lui firent
Son affaire à coups de bâton.

Le chien agonisa doucement sans rien dire,
Langue pendante, sans pouvoir bouger les membres,
Jusqu'au soir, en pensant que la petite fille
Avait été vraiment gentille
De l'avoir couché dans sa chambre...
La bonne pour tout cadeau
Lui apporta un peu d'eau.
Il pensa qu'elle était bien bonne, car en somme,
Elle ne lui devait rien.

Les hommes ne sont pas des chiens,
Mais les chiens ne sont pas des hommes.

LE LÉVRIER

Un lévrier avait des idées progressistes
Et tenait des propos brumeux,
Mais pleins de générosité sur la misère,
Au valet qui le promenait tous les matins.
C'était un animal fameux —
Selon le dire des héraldistes —
Qui descendait directement
D'un chien célèbre en Angleterre.
Mais il ne prétendait s'en vanter nullement.

Pour rien au monde, il n'eût salué le carlin,
Qu'un autre valet le matin
Faisait pisser sur l'avenue…
Les deux hommes s'entendaient bien ;
Se retrouvant tous deux à l'heure convenue
Ils discutaient de la belote à petits pas.
Mais les chiens ne se parlaient pas.

Le lévrier, qui mettait de la complaisance
À compisser les réverbères
Après les chiens les plus vulgaires —
Reniflant quelquefois, galant,
Le derrière d'un chien errant —
Ne pouvait souffrir l'arrogance
Insolente du carlin.
« Pour qui se prend-il donc, enfin ?
Disait-il. Il a un grand nom ?
Bon.
J'en ai un aussi, je pense ?
Il a coûté une fortune ?
Bon.
Qu'est-ce que tout cela, au siècle où nous vivons,
Quand un chien a atteint la lune ?
Ce n'est pas le manteau de tissu écossais
Ni l'excellence du cuir de ma laisse
Qui me différencie des autres, c'est
Peut-être, si l'on veut,
Que je cours sensiblement mieux ;
Que j'ai certaine noblesse
Dans la démarche, certaine grâce
Particulière à ma race.
Mais pourtant je ne suis qu'un chien
Moi aussi !
Et le fox du portier voisin —
Qui n'a de fox je l'avoue, le pauvre être,
Que les illusions de son maître —
Est mon ami.
Vous dirais-je (et je n'y mets aucune pose)

Que j'ai quelquefois plaisir à croquer,
Nos hommes étant occupés à bavarder,
Un os, dans une poubelle ?
Un os. Mais oui, mon cher, un os ! C'est excellent.
Et puis tellement amusant
De le chercher du nez parmi les immondices !
Non, non. (Il redevenait grave tout à coup.)
Je suis sûr que la justice
Sociale est maintenant à la base de tout.
Fini le temps du toutou
À sa mémère !
Égaux devant la misère,
Afin qu'un jour nos enfants
Aient des lendemains triomphants... »

Il eût continué longtemps,
Soliloquant sur ce ton,
Fouillant artiste et amusé dans les ordures,
Si un vieux chien bâtard sans nom,
Qui y fouillait aussi cherchant sa nourriture,
Ne l'eût soudain à coups de dents
Fait déguerpir de son terrain de chasse.
Utilisant les vertus de sa race,
Notre lévrier prudent
Prit du champ.
Saignant du nez, un grand accroc à sa pelisse,
Derrière la porte aux deux battants cadenassés
Du luxueux immeuble, il glapissait :
« C'est insensé !
En pleine avenue Foch ! Que fait donc la police ? »

LA FAUVETTE CÉLÈBRE

Une fauvette se sachant
Un talent bien au-dessus de l'ordinaire,
Décida de prendre des leçons de chant.
Chanter, comme ses congénères,
Les louanges du jour dans le soleil levant,
Ou des berceuses pour endormir les enfants,
Lui semblait une vie banale.
Sa renommée, hélas ! était locale ;
Des flatteurs lui firent penser
Qu'il lui fallait trouver quelqu'un de bien placé,
Un maître illustre et influent,
Dénicheur de nouveaux talents,
Qui puisse la faire passer
Dans la classe internationale.
Il y en avait un, fort célèbre, à Milan.
Elle décida le voyage.
Elle économisa, grain par grain, jour par jour
(Ces grands professeurs-là demandent des fortunes)
Du lever du soleil au coucher de la lune
Avec ce tenace courage

Que donne aux plus faibles l'amour,
Cherchant, chassant, thésaurisant
(Et jusqu'à rationner les mouches des enfants),
Elle passa les nuits et passa les journées,
Petite héroïne obstinée,
Risquant dix fois sa vie pour rapporter encor.
« Voyez, voyez l'amour plus fort
Que la fatigue et que la mort !
Héroïque petite fauvette !... »
Disait, observant sa navette,
Un maître d'école un peu niais
À sa classe qu'il promenait.
« L'amour de ses petits chez ces petites bêtes
Est poussé à un point extrême. »
C'était l'amour pour elle-même.
Mais allez donc le faire comprendre à un sot,
Socialiste, ayant lu Rousseau.
La petite, pour sa part,
Brûlant d'un feu sacré pensait : « C'est pour mon art. »
Cela sublimait son courage.

Un jour tout fut prêt pour le grand voyage ;
Et vint le moment du départ.
À son époux, car elle en avait un,
Un peu faible, un peu bonhomme, un peu commun,
Ayant du cœur et peu de grâce,
Qui avait couvé les œufs à sa place ;
Elle fit en partant ses recommandations :
Les enfants seraient bientôt grands, déjà gloutons,

Il fallait éviter cependant qu'on se gave.
Et prendre garde aux premiers vols : On fait le brave
Et on ne peut plus remonter
Sur l'arbre où les parents appellent.
Bien surveiller le chat et l'engeance cruelle
Des petits garçons d'alentour.
Au reste, elle serait très vite de retour ;
Riche et célèbre et qu'elle
Serait belle alors, la vie nouvelle !
« Adieu mes chers petits amours. »
Elle s'enfuit à tire-d'aile…

Le grand professeur de Milan
Lui trouva un certain talent.
Elle avait en effet une voix agréable,
Qu'on pouvait, avec du travail, améliorer.
Mais de là
À être admise sur les toits de la Scala…
Il ne fallait pas y songer.

Comme c'est triste, une fable…
On voudrait pouvoir les arrêter avant la fin.
Quand elle décida de revenir enfin,
Ses économies immolées,
Le nid avait été détruit par un gamin.
Les enfants fauvettes envolées…
(Elle se reposa près d'une, sur un fil
Électrique, sans la reconnaître.)

Le mari ? On croyait qu'un chat…
La fauvette, le soir de son retour, nicha
Toute seule au bout de la branche.
Oubliant les conseils subtils
De son savantissime maître,
Le cœur meurtri, elle chanta
Sa peine sous la lune blanche.
Et sur le toit, pourtant fameux, de la Scala,
Personne n'avait jamais chanté comme cela.
Mais la presse spécialisée
N'en fut jamais informée.

Non loin de là, l'instituteur
Traînait sa classe endormie,
L'initiant aux joies de l'astronomie :
« Écoutez, leur dit-il, ce concert enchanteur.
Voyez comme dans la nature
Tout est ordre et harmonie !
Oyez ces quatre notes pures…
C'est la fauvette au grand cœur,
La saison des nids finie,
Son devoir accompli, qui chante son bonheur. »

LE COQ,
LES DEUX POULES ET L'AMI

Un coq avait deux poules — il avait un ami.
Longtemps il n'en avait eu qu'une :
Une belle poule brune,
Travailleuse, avec un jabot abondant.
Ce coq croyait au mariage…
Sur le tard, quand sa ménagère prit de l'âge,
Il lui adjoint une poulette à l'œil charmant,
Qui lui entretiendrait le feu de sa jeunesse.
C'était agir avec sagesse.
Et puis, chez les coqs : c'est permis.

Une femme sérieuse, une jeune, un ami ;
Cet animal se crut paré.
Cette décision, fruit d'une longue étude,
L'assurait, pensait-il, contre la solitude
Qui guette les coqs qui se font âgés
Peu avant le temps de la casserole.
Celui-ci savait bien qu'au fourneau,
Bien-aimé, mal-aimé, laid, beau,

Il fallait aller solitaire…
Mais, pour ses derniers jours sur terre,
Notre naïf escomptait,
Grâce à sa femme, son ami et sa maîtresse,
Une atmosphère d'amitié et de tendresse…
Bien entendu, il se trompait ;
Sinon comment faire une fable ?
La vie, d'abord, parut aimable.
La vieille poule, après quelques scènes de principe,
S'aperçut que les nuits tranquilles avaient du bon.
Être éveillée par les caprices du barbon
Avait depuis longtemps lassé sa vieille tripe.
Ce qu'elle aimait c'était gouverner la maison.
L'amour ? Mon Dieu, qu'elle était jeune et sotte
Du temps qu'elle avait cru aimer !…
D'ailleurs, laver les traces de ses crottes,
Veiller au grain, faire des enfants, les langer ;
Que lui avait-il donc jamais demandé d'autre,
Sauf d'être prête lorsque l'envie lui prenait ?
Cette fille-là maintenant se chargerait
Du vieux paillard, lequel ferait le bon apôtre
Ayant un peu honte au début,
S'imaginant qu'elle souffrait d'être au rebut.
En fait, c'était tout avantage.
Il fallait d'abord marquer un grand froid,
Et se consacrer farouche au ménage.
Toute la maison allait marcher droit.
La poulette voyait tout autrement les choses.
Elle avait réussi à se faire épouser
C'était pour prendre du bon temps et s'amuser.

Elle commanda des chemises roses,
Se fit offrir bague et sautoir.
Le vieux coq, qui gagnait à la garder câline,
Dut tirer de la naphtaline
Son smoking, sortir tous les soirs.
À faire le jeunot pour suivre la fillette
Il s'épuisa bientôt ; car la vieille voulait,
Levée dès l'aube, frottant toujours, que le balai
Fît dès le matin place nette.
Sinon elle faisait la tête.
Puis au nom du foyer, de l'ordre et des enfants,
Elle entendait lui faire payer son bon temps.

Quant à l'ami, dont je n'ai pas encor parlé,
Est-il besoin seulement de le dire ?
Flattant la vieille dont il sut se faire l'allié,
Invité, gobergé, ayant le mot pour rire,
Arrangeant tout parfois, parfois jetant de l'huile
Sur le feu qui couvait,
Toujours là, se rendant utile,
Veillant aux caprices des dames ;
Il tapa notre coq, un jour qu'il sanglotait
D'énervement dans son gilet,
D'une somme assez rondelette,
Puis coucha avec la poulette
Le premier soir qu'elle eut du vague à l'âme...
La femme, dès qu'elle l'apprit,
Trop heureuse, courut le dire au mari,
Qui —

Comme si cocu ce n'était pas assez —
Dut provoquer l'ami, se battre et fut blessé.
Le tenant dans son lit, bien à elle, la femme
Put l'abreuver de reproches et de tisane.
Au pauvre fiévreux elle en dit tout son soûl.
(La poulette, entre-temps, craignant des représailles
Avait levé le pied, emportant tout.)
Ce furent de secondes aigres épousailles,
Au bout desquelles, bien soigné —
Et parfaitement solitaire —
Entre sa femme et l'ami réconciliés,
Qui s'étaient endormis pendant qu'ils le veillaient,
Le coq lassé laissa la terre.

Il est de bons amis, il est de bonnes femmes.
Il est des maîtresses aimantes.
Au lieu du petit étourneau,
Il eût pu trouver une amante
Qui l'eût poissé de baisers, de sanglots ;
Et l'eût soûlé de sa grande âme :
« Cher cœur ! Cher corps ! Tu es à moi.
Je suis à toi.
Puisqu'aussi bien à travers toi, c'est moi que j'aime… »
La fin de l'histoire eût été la même.
Seul comme notre coq chacun se trouvera ;
Et s'il ne trahit pas, l'autre s'endormira.
Fait homme, Dieu lui-même a perdu le courage…
Chacun veille et s'étonne au jardin d'oliviers.

Entre Marthe, qui boude en faisant le ménage,
Et Marie qui n'en finit pas
De sangloter d'amour en lui lavant les pieds,
Jésus, déjà, songe à Judas.

LA VIVE

Un enfant criait sur la plage
Il se tordait sur le sol.
On accourut du voisinage
On l'emporta hurlant, au prochain parasol.
Son petit pied gonflait de seconde en seconde.
Ses cris fendaient le cœur à tout le monde.
C'était pitié de voir souffrir cet innocent.
Un médecin passant,
D'aventure,
S'approcha. (Il ne faisait pas sérieux tout nu.)
Se penchant sur le pauvre petit corps tordu :
« C'est une vive, il faut une voiture,
Dit-il, le pharmacien
Lui fera une piqûre.
Moi, maintenant, je ne puis rien. »
Il ajouta : « Hélas ! jusqu'à l'autre marée,
Le pauvre petit va souffrir beaucoup. »
Prises de panique à ce coup
Les mères affolées groupèrent leur troupeau.
Si un monstre marin était sorti de l'eau

Il ne les eût pas étonnées.
« C'est trop injuste, disaient-elles ;
Juste à la fin de la journée !
— La sale bête qu'on ne voit même pas !
— Il jouait, Madame, à deux pas
Avec sa petite pelle.
Il faisait des petits pâtés, bien gentiment !
— Pourquoi, mon Dieu, pourquoi faut-il donc toujours
craindre,
Lorsque l'on a des enfants ?
— Il faut se plaindre,
Dit un vieillard, au Syndicat d'initiative.
Ils demandent assez d'argent.
Ils doivent protéger les gens !

— Il faut bien que chacun vive »,
Dit la vive
Qui avait piqué l'enfant.

L'ÉCREVISSE AMOUREUSE

Une écrevisse sanglotait.
Elle était tombée amoureuse ;
Et elle savait bien que celui qu'elle aimait
N'aimerait jamais une gueuse,
Incapable de marcher droit.
C'était le pasteur de l'endroit ;
Un jeune homme candide et roux, aux mollets lisses,
Dont l'innocente distraction, le dimanche,
Était précisément la pêche aux écrevisses.
Elle aimait ses deux fortes jambes blanches
Quand il pataugeait, troussé aux genoux ;
Elle aimait ses petits poils roux.
Elle le regardait passer, l'air en dessous,
Tremblante du désir d'enfin se laisser prendre.
« Pêcheur maladroit
Cher petit andouille
Qui rentre bredouille
Sans savoir que moi… »
Ah ! si quelqu'un, jeunette, avait pu lui apprendre…

Elle alla trouver une vieille anguille
Qui rendait service aux filles
Du coin,
Lorsqu'elles en avaient besoin.
« Alors, ma belle,
Dit l'autre, la voyant s'avancer de guingois,
On a encor fauté, on vient trouver la vieille,
S'étonnant au bout de trois mois ? »
« Non, dit en rougissant encor plus l'écrevisse,
Je viens vous demander un tout autre service.
J'aime et peux être aimée, je crois.
Je veux apprendre à marcher droit. »
« Trop tard, ma belle !
Dit l'anguille,
Il fallait y penser pucelle.
Vous êtes drôles, vous, les filles,
Vous prenez du bon temps et puis vienne un curé
Qui vous plaît : vous voulez être la Sainte Vierge !
Essaie d'aller brûler un cierge…
Mais moi je te dis, quand bien tu le voudrais,
Tu ne pourras plus jamais marcher dret. »
(Elle prononçait comme dans les fables.)

Désespérée d'être à jamais coupable,
Le soir même l'écrevisse se laissa prendre
Par un polisson du pays,
Dont le père avait justement
Une politesse à rendre.

Ravi de la pêche du fils,
L'homme invita les notables
Dont le pasteur, à sa table...
On apporta le plat fumant.
« Monsieur le pasteur, prenez la plus belle !
C'est à vous l'honneur », dit l'amphitryon.
Riant niaisement, le pasteur glouton,
La prit, la mangea clamant : « Que c'est bon !
— De la sauce jusqu'aux prunelles —
C'est ferme et tendre ; c'est poivré, c'est juteux ! »
Il suçait, s'en mettant partout, roulant les yeux,
Oubliant toute retenue,
Gémissant d'une voix émue :
« La mignonne fait mes délices !
Jamais, Messieurs, jamais vraiment,
Et Dieu sait si j'en ai mangé des écrevisses,
Même à Paris, dans les restaurants les plus chers,
Je n'ai joui autant
De la délicatesse
Incomparable de leur chair.
Celle-ci est d'une finesse !... »

Dévorée par son cher pasteur,
L'écrevisse, enfin, connut le bonheur.
Le Seigneur a toujours pitié des pécheresses.

LE CURÉ
ET LES DEUX SERVANTES

Deux servantes, un jour, une laide, une belle,
Qui s'en revenaient du marché,
Caquetant comme deux pucelles,
Croisèrent Monsieur le curé.
Elles firent leur révérence...
Le doigt sur le menton de la jolie, le prêtre
La gronda souriant : « Marguerite, je pense,
Que j'avais oublié mes lunettes, dimanche !
Je ne t'ai pas vue à la messe. »
« Comment ? J'avais ma robe blanche,
Gémit l'impudente jeunesse ;
Vous ne l'avez pas vue peut-être,
Je m'étais levée très bonne heure
Car nous devions faire le beurre,
C'était la messe du vicaire,
Je crois. »
« Je te conseille de te taire,
Jeune effrontée, j'ai surveillé les trois ! »
S'indigna le curé pour rire.
Il enchaîna : « Prends garde au péché, Margoton !

Le diable est un vilain glouton
Qui s'y connaît en jolies filles.
L'enfer, tu sais de quoi il est pavé ?
Ce n'est pas tout d'être gentille.
Une poulette comme toi,
Ce ne sera pas long à frire... »

La laide s'approcha, tout miel et tout sourire,
Avec cet air de ceux qui marchent toujours droit.
« Monsieur le curé
Moi, j'y ai été,
À la messe et à Vêpre aussi et aux prières.
Et je suis sortie la dernière,
Après avoir aidé Madame la chaisière
À replier la nappe et ranger les ciboires ;
Et j'ai encor dit deux Ave ! »

« Toi je t'ai vue, dit le curé,
Mais n'en fais pas tout une histoire. »

LE CARROSSE INUTILE

Le soir du grand bal, la bonne marraine,
Qui avait longtemps travaillé chez Dior,
Fit de deux chiffons une robe à traîne
D'un goût infini, toute brodée d'or.

Mais, entre sa machine à laver la vaisselle
Et son frigidaire, en son antre blanc,
La pauvre Cendrillon sanglotait de plus belle,
Dans sa belle robe, en se lamentant :
« Mes sœurs préférées ont une voiture,
Elles sont parties en quatre-chevaux ;
Les taxis font grève ; avec ma coiffure
Et ma robe d'or, irai-je en métro ? »
« C'est bien, dit la fée, qu'à cela ne tienne ;
On n'a pas toujours fée comme marraine ;
Trouve une citrouille et dix-neuf souris ;
Ta dix-neuf chevaux, marque américaine,
Sera bientôt là. Maintenant, souris ! »
(Ravalant sa peine,

Cendrillon se fit un léger raccord,
Redevint jolie.) Mais ce qui fut fort
Ce fut, étant donné les progrès de l'hygiène,
De trouver dix-neuf souris dans le Seizième.
Il fallut aller jusqu'au quai aux Fleurs.
Pour la citrouille aussi on eut quelques malheurs
Enfin on en trouva, Dieu merci, en conserve.

Une fée marraine, il faut que ça serve
Un soir de bal à l'Opéra !
Pauvre Cendrillon ! Pauvre petit rat,
Qui n'avait pas tout, malgré son toutou
Sa télévision, sa belle cuisine,
Et son barbecue (on prononce quiou),
Ce qu'on dit qu'il faut dans les magazines
Aux petites dames pour être elles-mêmes…
Tout ça pour trois sous.
(Soyez ingénieuse : faites tout vous-même !
Fouillez le grenier.
Vous en avez un ? Ce bon vieux panier,
Deux coups de peinture
Le tour est joué :
C'est une commode.)

Bouche et yeux du jour, conforme à la mode,
Cendrillon partit, comblée, en voiture.
(On n'avait pas pu dénicher de rat :
Elle conduisait.) Mais, vers l'Opéra,

Commença bientôt l'affreuse aventure.
C'est très beau d'aller à un bal paré,
D'avoir tout ce qu'on pouvait désirer,

Une robe à traîne
Une fée marraine
Des souliers dorés :
Il faut se garer.

La pauvre Cendrillon jusqu'à minuit sonnant
L'heure prévue, hélas ! pour le prince charmant,
Prise au labyrinthe sournois des rues obscures ;
Tourna et retourna sans quitter sa voiture.
Sens interdit ; les clous ; jours pairs et jours impairs ;
En pleurs, son fard coulant, cernée par des patrouilles,
L'aube pointait, lorsqu'étouffant de gros sanglots,
Elle téléphona de Richelieu-Drouot
À sa marraine : « Rechangez-la-moi en citrouille ! »

LE VIEUX LOUP

(Fable courte)

Le vieux loup qui avait lu les « Lettres de mon Moulin »
Renonça à manger la chèvre de Monsieur Seguin.

Qui dira un jour, d'aventure,
Les noirs méfaits de la littérature
Qui traite des bons sentiments ?
C'est elle qu'on devrait interdire aux enfants.
Je préfère qu'ils lisent Sade.
Par chance, s'ils ont le goût du bien,
Ils le trouveront maussade :
Cela ne leur fera rien.
À un monde faussé, prurit de vieilles filles
Et de dames bas-bleu,
Vous les laissez rêver ; croire que les guenilles
Recouvrent des cœurs vertueux ;
Que le riche est méchant et le bienfait rentable ;
Alors que riche et gueux
Sont à la même table
Avec les mêmes dents,

Vous le savez pourtant, hypocrites parents.
Dieu, d'un doigt négligent, dessine sur le sable
Une histoire qui ment.
Il faut apprendre à vos petits
Que l'amour n'est qu'un vase
Qu'on vide et qu'on remplit ;
Et qu'il est consolant
Que les bienfaits perdus
Retournent à la vase
D'où ils étaient venus.

Quand les vieux loups se font sensibles aux palabres,
C'est seulement leur estomac qui se délabre.

LA CREVETTE

« Mince, alors ! dit la crevette
Élevée dans les faubourgs,
Ce que ça peut être bête,
De toujours parler d'amour.

Moi qui connais les vieux crabes
Dont le coin est infesté,
Moi qui ai fait les Arabes
De la rue de la Gaîté.

Pensez si ça m'impressionne
Moi, tous ces miaou miaou…
Je ne dois rien à personne
Je travaille sans marlou.

L'amour qui passe à la caisse,
L'amour la main sur le cœur,

C'est toujours la main aux fesses.
Les hommes sont des noceurs.

Le sentiment c'est tout frime :
Ça n'a jamais existé ;
Et ceux qui vont jusqu'au crime,
C'est parce qu'ils étaient vexés. »

Elle dit et sur la plage
Un adolescent joufflu,
Qui pêchait dans les parages,
On ne sait pourquoi lui plut.

Il n'avait pas de tendresse,
Comptait la manger tout cru,
Elle qui avait fait pièce
À tous les pêcheurs du cru,

Malgré sa triste dégaine ;
Subjuguée par ses mollets,
Paralysée, incertaine
Elle choit dans son filet.

Il la cuit, il la dépiaute…
L'amour est un accident.
Les crevettes sont idiotes.
Les femmes ont du bon sens.

LE FABULISTE IMPROVISÉ

Comme il est affable,
Depuis qu'il écrit des fables !
Se dit ma famille *in petto*.
Ils se réjouissent trop tôt.

On est bien plus nerveux lorsqu'on écrit des pièces...
Au théâtre, tout ce qui est bon est donné.
Les scènes réussies sont nées dans l'allégresse
Et la facilité. C'est un cadeau, toujours.
Après, on calfate avec plus ou moins d'adresse
Et d'amour.
Mais ce bonheur qu'il faut avoir chaque matin
Sous peine de n'avoir plus rien,
Vous laisse parfois vers midi, pas rasé,
L'air d'un vieux hibou épuisé.
Et les enfants, que d'autres soucis pressent,
N'ont jamais trop aimé les pères titubants
D'ambroisie — qui visent sournoisement la fesse
Au moindre propos discordant.

Avec la fable —
Un fabuliste étant par définition, souriant
Et aimable —
L'effort aussi étant moins grand,
Les luttes homériques à table
Me laissent indifférent.
Je file entre mes dents un vers, comme un gâteux
(Il faudra que je me surveille),
En coupant le gigot juteux
Ou les parts strictement pareilles
De la tarte, objet du litige.
Pourtant je sens s'enfuir mon reste de prestige…

« Pourquoi n'écris-tu plus de pièces ? »
M'a demandé Nicolas, tout de go,
Moi qui me crois Victor Hugo,
Œuvrant, face à la mer dans ma petite pièce,
Sur son rocher de Guernesey
(La conjoncture politique
Rappelant, par ailleurs, le règne de la trique),
Je réponds supérieur : « Non, vois-tu, cet été,
J'ai décidé
(J'ai l'air badin et amusé —
Ça me va bien) que j'écrirais plutôt des fables. »
« Tu m'en montres une ? » — « Elles ne sont pas pour
enfants. »
Je le sens surpris : Pourtant une fable…
Et puis, il les voit posées sur ma table.

Je cherche un peu : « Tiens celle-là, tu peux la lire. »
(Je vais voir ce que rend ma lyre.)
Il commence ; il lit mal. Mais cette voix d'enfant
Qui ânonne chantante, un peu fausse, incertaine,
Souvenir des classes lointaines,
C'est la musique composée depuis trois cents ans
Par les écoliers français pour La Fontaine…
Je sens que je n'y ai pas droit.
Je l'interromps, le désolant ;
Et me désolant par surcroît.
Il sort. Je reviens à ma table
Où mon papier est toujours blanc.

Ne forçons point notre talent,
Comme on dit dans une autre fable.

LA BAIGNOIRE

Entourée de dix pots de crème
Une jeune femme pleurait.
Tendue comme pythonisse
Chaque matin elle scrutait
Son visage encor jeune et lisse
Dans les trois faces du miroir.
« Je suis vieille, je suis ridée, je suis blême ;
Regardez, je fais peur à voir !
Comment voulez-vous que l'on m'aime
Si je me fais peur à moi-même ?
Je ne puis plus me montrer que le soir,
Dans les lumières tamisées
Comme une vieille femme et c'était hier pourtant
Que l'on a fêté mes vingt ans !
Hélas ! Mes jeunes années,
Vous voilà déjà envolées...
Et qu'est-ce que j'ai fait de vous ? »
(Elle ne s'était pas encore décidée
Comme d'autres, à prendre un amant
Pour s'y contempler plus commodément.)

Elle en était réduite à passer son courroux
Sur son triste mari, tapi dans la baignoire,
Qui, pour ne pas avoir d'histoires,
Se taisait dans l'eau jusqu'au cou
N'osant plus remuer du tout.
Elle continuait, interrogeant la glace
Et se répondant elle-même.
« On trouvait autrefois que j'avais de la grâce,
Mais avec la vie que je mène…
Je ne suis pas servie : une bonne d'enfants
Empotée,
Une cuisinière emportée,
Qui brûle tout pour un reproche insignifiant,
Pour caméristе : une simple d'esprit !
Et moi avec tout mon temps pris
Le coiffeur ce matin, trois heures sous le casque,
S'il veut me prendre, car je vais être en retard.
Je ne peux pas partir sans chignon et sans fard.
Une couturière fantasque —
C'est entendu Coco a du génie
Mais elle vous le fait payer !
(Le mari ne put s'empêcher de bouger
Une jambe — avec une prudence infinie.)
À quelle heure consentira-t-elle à m'essayer ?
Vous verrez, je n'aurai pas le temps de déjeuner !
Madame Bassano qui m'attend, rue Ampère,
À trois heures, pour mon massage. Et Tireli
À cinq — c'est mon docteur — vous acceptez, j'espère,
Que je me soigne avant d'être clouée au lit ?
J'ai promis de passer chez Luce. Bon apôtre !

C'est pour vous que j'y vais, ces amis sont les vôtres,
Et il faudra que je trouve le temps
De m'y montrer en coup de vent.
Dans quel état mon Dieu ! Et Julie, qui m'emmène
À sept heures chez une voyante roumaine
Étonnante, que des amis lui ont trouvée.
Je suis si angoissée, si cette femme avait
Le pouvoir de me rendre, enfin, un peu de calme !
(Le mari rêvait à des palmes,
À un hamac dans un pays ensoleillé.
Il s'endormit dans l'eau et faillit se noyer…)
Bien ! Éclaboussez-moi, pour arranger les choses !… »

Elle partit, enfin, sur ses très hauts talons,
Claquant des portes, toute rose
De fureur, car la bonne lui dit, en sortant,
Que c'était le jour justement
Qu'elle avait promis aux enfants.
« Où voulez-vous que j'en prenne le temps, ma fille ? »

Ah ! c'est bien lourd, une famille,
Un mari et une maison.
Seul le pauvre homme, enfin tranquille,
Sortit comme un vieux cornichon
Tout fripé de son bain trop long.
Il ne dit rien. Il évitait de la juger,
Peut-être était-il ennuyeux, plus âgé…
Et puis le souvenir est une chose étrange.

Dix ans plus tôt il avait épousé un ange.
Il en était encor au début de l'histoire
Et aveugle comme il se doit.

Mais l'eau, en s'écoulant au fond de la baignoire
— L'eau fluide qui fuit, entre les doigts
Comme la vie de qui ne pense qu'à soi-même —
Gloussa dans un glouglou du tuyau de vidange :
« Pauvre femme et pauvre mari !
Il peut donner son cœur et son or d'homme riche ;
Le bonheur sera toujours chiche
Avec lui.
Si même elle prend un amant
Ce ne sera qu'un ornement
De son égoïsme candide ;
Rien ne la guérira jamais de son tourment.
Tout lui sera toujours ennui.
Femme qui demande qu'on donne
Et ne donne plus à personne
Ne se contente plus jamais.
C'est le tonneau des Danaïdes...
Et — baignoire — je m'y connais. »

LE LOUP, LA LOUVE ET LES LOUVETEAUX

Le loup, l'horrible loup qui fait peur aux enfants,
Le loup maigre et cruel qui guette,
Assassin précis, l'innocent
Et l'emporte poissé de sang,
Rentre au foyer le soir où les siens lui font fête
Et s'écrie : « Vilains garnements,
J'espère qu'aujourd'hui vous avez été sages ?
Quand les petits loups sont méchants
Jésus pleure dans les nuages.
Votre maman n'a pas à se plaindre de vous ? »
« Non, non, s'écrient les petits loups,
Dis-lui, maman, de vraies images.
On s'est même laissé lécher
Sans pleurer !
Que nous apportez-vous, papa, pour récompense ? »
« Un beau petit agneau tout frais.
Vous voyez, il palpite encore… »
« Quelle chance !
Crient les mignons. Papa, laissez-nous l'achever »
« Ils se portent bien, ils dévorent »,

Dit la louve, l'œil attendri.
Et le couple, comblé, regarde
Le joyeux carnage de ses chers petits.

Je n'ai jamais vu de loup plus dur, dit le garde
Pissant le sang partout, dix balles dans le corps
Sur ses pattes brisées il se dressait encor.
La louve près de lui était déjà tuée,
Les louveteaux aussi. Il ne défendait plus
Que des cadavres. À la fin pourtant on l'a eu
Et savez-vous, en rentrant de cette curée,
Ce que m'a dit la plus petite de mes filles ?
Pour un mot d'enfant, ce n'est pas banal… »

Le garde aussi aime bien sa famille…
Un monde d'innocents se tue et se torture.
Ce grouillement géant de meurtres et de mal,
Sous le regard froid de la lune,
C'est ce que l'homme appelle une nuit pure…

Pour Monsieur Lazareff, rien à mettre à la une
Dans son journal.

LE COQ COCU

Portant beau, chantant haut, hardi, couvert de femmes
Et de plumes de toutes couleurs ;
Envié des petits coqs maigres déjà coureurs,
Qui doivent, pour tirer furtivement un coup,
Gagnant peu et risquant beaucoup,
Échafauder maintes et ténébreuses trames ;
Un coq, seigneur de la basse-cour, qui l'eût cru ?
Était bel et bien cocu.

Il avait tout soumis et les corps et les âmes.
On tremblait devant lui.
Mais le triomphe, à la longue, agace les dames.
Ce grand homme après tout ce n'est que leur mari.
Et lorsqu'il rentre triomphant de ses victoires,
Sous les folles acclamations,
Leur sourire est pincé en pensant à l'histoire
Qu'il faudra écouter dix fois à la maison.
Le conquérant se perd en mettant ses pantoufles.
Et le plus grand génie n'a pas toujours raison

Dans un conflit de casseroles.
Et puis, surtout, un esprit malicieux leur souffle
Que dans toutes ces inventions,
(Géniales, si l'on veut : il n'est pas aussi drôle
Qu'on l'imagine, vous savez, à la maison !)
Elles ont bien joué aussi leur petit rôle,
Quoiqu'on ne cite pas leur nom.
La vague jalousie, qui stagne au cœur des femmes,
Se change en haine, passé le temps clair de l'amour.
Mais qui peut admirer toujours ?

Notre coq confiant vivait dans la méprise.
(Coq célèbre trouve à sa guise
Poulette idiote qui se pâme.)
Il se voyait toujours adulé, sans rivaux.
Seul, peut-être, le coq des voisins, un nouveau,
Noir et rouge, assez beau, il est vrai, de plumage,
Qui le narguait de loin derrière son grillage…
Mais, par la force des choses, sans danger.
Ces dames, Dieu merci, ne pouvaient que rêver
Très platoniquement à ce bel étranger.
Pour les autres — adolescents suant de haine
Et de peur — il faudrait picorer de la graine
Avant que de pouvoir prétendre
Aller au bout de la carte du Tendre !
Il y a loin jusqu'au coucher…
Les femmes, le jour volontiers sentimentales,
Entre les draps, la nuit, aiment bons et gros mâles.
Il ne faut pas leur en conter.

Les femmes justement adorent la faiblesse,
La maigreur et la dureté vaine de la jeunesse,
Et sans s'en douter
Notre coq était
Cocu et recocu de minuit à matines.

Il le resta jusqu'à ce que le maître queux
Qui régnait sur cette cuisine
Par un privilège divin,
Le promût un jour coq au vin,
Lui évitant bien des constatations chagrines.
Encor celui-ci mourut-il heureux.
La plupart des cocus piétinent,
Le doute se glissant un beau jour dans leur âme,
Parce qu'ils imaginent un amant de leur femme
Susceptible de leur plaire à eux.

LE LOUP ATTENDRI

Un loup un jour regardait
Une jeune agnelle endormie.
Obscurément il regrettait
Que leur race fût ennemie :
Quelle grâce et quelle douceur !
Ce loup rêvait d'une âme sœur,
D'une affectueuse présence,
Qui lui permît de débonder son cœur…
Les loups sont plus sentimentaux qu'on pense,
Mais personne ne les comprend.
C'est une tradition en France
D'ignorer l'envie de tendresse
Qui dort au cœur des assassins.
Hélas ! ce sont le plus souvent
Les innocents,
Se méprenant sur leurs desseins,
Qui, par l'idée qu'ils ont de leur scélératesse,
Les obligent à les tuer.

Ce loup-là était tout amour.
Il était saint François d'Assise.
Il était au point de pleurer ;
Quand la sotte le voit et appelle au secours.
Que voulez-vous que je vous dise ?
Un malheur est vite arrivé.
Et il arrive qu'on se vexe…
Ce cri, tant entendu, réveille un vieux réflexe
Un bond, un coup de dent, et notre loup, navré,
La tue.
Après d'ailleurs, il la trouva fort tendre…

Pourtant, si elle l'avait vue
Cette lueur d'amour au fond de sa prunelle !
Si elle avait fait confiance, une fois,
À la bonté universelle…
Ah ! si elle avait eu la sagesse d'attendre
L'éveil du sentiment chez ce loup aux abois ;
Légère, elle courrait encore dans les bois…

Il faut dire que les agnelles
Ont l'esprit un peu étroit,
Ne lisant pas assez les journaux progressistes
Où l'on se penche sur l'âme des assassins.
Voilà ce que l'on gagne à être conformiste !
On doute qu'un tueur puisse être un petit saint ;
Qu'est-ce qu'on y récolte ? Un mauvais coup.
D'un autre côté, je crois
Qu'il faut avouer que les loups
N'ont pas la tête de l'emploi.

LA GIRAFE ET LA TORTUE

Pour son air de bravoure et pour sa haute taille
La girafe un jour voulut être roi.
Elle n'avait pas gagné de bataille
Mais elle avait en maint endroit,
Du haut de son haut col dominant la mêlée,
Par des ruses bien calculées,
Donné l'impression de diriger la guerre…
Maints loups, maints lions, étaient morts bravement
En faisant bravement l'ouvrage,
Et la girafe n'avait guère
Fait qu'encourager le courage
Et décorer les survivants.
Mais les animaux sont si bêtes
Qu'ils pensaient que sa haute tête,
Placée si haut, devait voir plus avant ;
Avoir une hauteur de vues,
Jusqu'ici, hélas ! inconnue
Chez les autres gouvernements.
C'est d'ailleurs, dans leur grande presse,
Ce que proclamaient les rats

Qui comptaient bien se servir d'elle avec adresse...
(Car rat ne fait rien qui ne servira,
Un jour ou l'autre, au peuple rat.)
Les renards de son entourage
La décrivaient savante et sage.
Ils flattaient son ambition
Y trouvant leur situation.
On verrait à tourner casaque,
Habilement, le fruit cueilli,
S'il advenait que cela craque.
Pour le reste des animaux de la baraque
(Tout cela se passait à la fête à Neuilly)
Bon peuple cocardier lorsque le clairon sonne,
Ravi pourvu qu'on boive et que l'on saucissonne,
Et qu'on le laisse en paix additionner ses sous ;
Ils l'acclamaient comme des fous
Quand elle traversait, dominant de la tête
Leurs rangs pressés, serrant des mains, les jours de fête...
La grandeur du peuple animal
Était en bonne patte et, pourvu que ça dure,
Qu'on puisse gentiment bricoler sa voiture,
Le reste on s'en foutait pas mal.
Tout allait bien : c'était écrit dans le journal.

Tout allait de plus en plus mal.
En voulant tromper tout le monde
La girafe se trompa.
La ruse chez les grands, que les sots croient féconde,
En fin de compte ne paie pas.

Le jour qu'on en convint, elle avait la couronne,
La police, les tanks et le goût de la pogne,
Un solide mépris du reste des humains :
Elle coffra les moindres plaisantins.
Les animaux se lamentèrent
Prenant à témoin la terre
Entière
Qu'ils avaient toujours combattu
L'abus du pouvoir absolu —
Et la preuve était sans réplique
Puisque c'est eux qui l'avaient inventée,
La République…

La tortue, qui va lentement,
Est toujours en retard sur les événements.
Elle s'était pourtant hâtée,
Mais elle arrivait seulement.
« Je n'ai pas le goût de la trique.
Je viens voter "non", leur dit-elle.
(Ô ironie ! elle apportait sur le forum
Son bulletin pour le premier référendum.)
Voyant la foule, autour, des grandes circonstances
« Je vois avec plaisir que je suis en avance »,
Ajouta-t-elle.
Ils n'auraient pas manqué de rire en temps normal,
Car la lenteur sempiternelle
De ce très prudent animal
C'est notre fonds comique en France
Où l'imbécillité même se croit des ailes…

Mornes, ils baissèrent le nez.
Ils n'avaient même plus le cœur à ricaner,
(Fait très rare, chacun le sait,
Chez des Français).
La tortue poursuivit : « Messieurs, je vote contre,
Car je ne suis point, moi, dupe de sa hauteur.
C'est très joli ce que l'on montre,
Ce qu'il faut mesurer c'est le niveau du cœur.
Pour celle-ci, si je comprends,
Ce n'est que le cou qu'elle a grand.
Mais où est donc la petite boîte ? »

Ils n'osèrent pas avouer,
Gens de gauche et gens de droite,
Qu'avec le reste, ils se l'étaient laissé flouer,
Hélas ! par la girafe adroite,
Un jour, yeux dans les yeux, qu'on criait « Haut
les cœurs ! »

Gardons-nous bien pour un empire
(C'est vraiment le cas de le dire)
De confondre à jamais gigantisme et grandeur.

L'ASTRONOME

Un astronome, un jour, par une erreur pointa
Son télescope sur une plage.
L'instrument mal réglé, d'abord il s'étonna
Des planètes qu'il découvrait dans ces parages.
« Quels sont ces mondes inconnus ?
Quelles nouvelles galaxies ?
Les uns sont blancs, les autres d'un brun soutenu.
Mystères de la connaissance !
De quoi plonger dans la stupeur l'Académie
Des Sciences... »
Quand sa bonne, qui passait là,
Prise à témoin par lui et l'œil à la lunette
Pouffa —
Car elle avait son franc parler — : « Monsieur est bête !
Ce sont des derrières tout nus
Que Monsieur prend pour des planètes. »
L'astronome confus et lui gardant rancune
La renvoya à ses balais et, sur la lune,
Dont il était un spécialiste,
Braqua, boudeur, son énorme instrument.

Mais le soir, il lui fit sèchement
Remarquer
Que son soufflé était manqué.
La bonne l'aimait bien. Elle le savait triste
D'avoir vieilli tout seul l'œil rivé jour par jour,
Sur le vieil astre sans amour.
(Les bonnes des savants ont plus de cœur qu'on pense)
Sans retenir l'impertinence
— Car son soufflé était bel et bien réussi —
Le lendemain, en faisant le ménage,
Elle se contenta de braquer sur la plage
L'œil du télescope géant.
(Il y avait belle lurette
Qu'elle avait appris seule à manier les manettes,
Pour surveiller de loin son trop volage amant,
Les soirs où il faisait la fête.)

Notre homme d'abord agacé
D'avoir fait cette erreur encor,
Se retrouva surpris le soir, ayant passé
Le jour à contempler la grâce de ces corps
Offerts dans leur mystère à son âme étonnée…
Il y revint le lendemain pourtant.
Puis le surlendemain encore, abandonnant
(Lui dont le Russe même admirait les travaux)
La lune à sa destinée…
Vous ai-je dit qu'elle était jeune encor et bonne ?
(Pas la lune, bien sûr, la bonne)
Et charmante, avec des restes fort beaux ?

Trois mois plus tard, il épousait cette personne…
Toute science est si vaine et, pour ce qu'on en fait,
Confort imbécile ou méfait,
Que je rêve d'un monde où l'homme
Ayant abandonné l'atome,
N'aurait que son jardin et lui-même à soigner.
Un monde où ces lunettes fabuleuses,
Faites pour déchiffrer la nuit des nébuleuses,
Ne serviraient plus qu'à lorgner
Le derrière rond des baigneuses…

LE COUPLE
ET LE PETIT CHIEN

Les couples d'amants
Commençant leur vie
Ont toujours envie
D'acheter un chien.
C'est un réflexe, il est charmant.
Ils le font presque tous sans en savoir la cause…
Ils pensent que cela n'est rien
Qu'un caprice. Au lieu d'une botte de roses,
Quel cadeau plus joli imaginerait-on
À une jeune femme ? Un jour, de son veston
L'homme tire une petite boule vivante…
On crie. On s'attendrit. Et désormais l'amante,
Toujours quittée pour le bureau ou la famille
— Cela s'ennuie vite, les filles —
Aura un petit compagnon.
Les enfants des amants sont de petits caniches…
Et ils ne savent pas qu'inconsciemment ils trichent
Avec la vieille loi du couple qui se fond
Dans un autre, avant d'atteindre le fond,
Pour que l'enfant-preuve surnage,

De cet éternel amour,
Dont le naufrage,
A commencé déjà avec le premier jour.
Sentant venir une séparation prochaine
Un couple se disputait.
« Que ferons-nous de la petite chienne ? »
« Elle est à moi, c'est moi qui lui donne son lait
Et ses caresses ! » disait-elle. Il rétorquait :
« Qui donc, chaque soir
Depuis qu'elle est née, la promène
Patiemment sur le trottoir ? »
Toutes les choses sont dures
À commencer et à finir.
Les couples agonisants durent
Avant de se désunir.
Le chien mourut avant la fin de l'aventure…

Ils avaient bien tort, en somme,
De se disputer pour rien :
Les plus longues amours des hommes
Ne durent qu'une vie de chien.

LE LOUP ET LA VIPÈRE

« Je vais mourir, dit la vipère,
Maintenant que je t'ai mordu.
J'aurai passé mon temps sur terre
À défendre âprement mon dû.
L'herbe était pourtant odorante
Sous la pierre chaude au soleil,
Et c'était bon, dans l'orgueil glacé du réveil,
De se savoir la plus méchante,
La plus seule de tout le bois... »
« Je vais mourir aussi, je crois,
Dit le vieux loup qui léchait sa blessure
Ne me parle donc plus de toi. »

Ils laissaient faire la nature.
Ils attendaient tous deux, couchés sous le même arbre,
Avec la patience grave des animaux,
La mort et la fin de leurs maux ;
S'étonnant seulement de se sentir de marbre,
Un jour d'été, en plein midi.

Après un temps, la vipère lui dit :
« J'ai tant souffert de n'être pas aimée !
J'étais née tendre et destinée
Peut-être à fondre d'amour.
Mais quelqu'un m'a blessée un jour.
Un enfant rose et blond m'a jeté une pierre
Et m'a crié : "Sale vipère !"
Moi, je le regardais et je le trouvais beau.
Depuis, j'ai pourchassé tous les petits farauds
S'aventurant dans les fougères.
J'ai fait le mal partout, pour payer son mépris.
Si cet enfant m'avait souri,
J'aurais pardonné à la terre entière
D'être née vipère.
Ô mon cœur d'un jus noir gorgé !
Mon cœur, mon pauvre cœur toujours à se venger,
Qui voulait et ne pouvait pas aimer…
Si tu savais comme cette petite pierre
M'a fait souffrir ! »
Le loup, en l'écoutant, finit par s'attendrir
Sur les malheurs de la donzelle ;
Il oubliait que lui aussi allait mourir,
Piqué par elle.

Dominant la règle de fer
Le fort est parfois charitable.

Mais les tourments obscurs des misérables
Nous coûtent presque toujours cher.
Petits garçons heureux,
Hitler ou Robespierre,
Combien de pauvres hères
Qui seraient morts chez eux ?

LE LION VIEILLI

Un lion avait brigué et obtenu la place
De directeur de l'Opéra,
Pour pouvoir, à loisir, goûter la jeune grâce
Des petits rats.
C'était un grand seigneur et sa vie tout entière
Avait été vouée à servir son pays,
Élever ses enfants, faire de sa tanière
Un lieu digne d'eux et de lui.
Les enfants grands et la tanière de ses pères
Agrandie et embellie,
Comblé d'honneurs par tous, une mélancolie
Curieuse, un jour, s'empara de son cœur,
Lui fit mesurer sa misère.
Avec beaucoup de gloire, avec beaucoup d'honneur,
Avec beaucoup d'argent
Trouvé et dépensé facilement,
Avec la conscience fière
De son mérite et des services rendus,
Il se trouvait, à l'heure amère
Où chacun sait qu'il doit bientôt rendre son dû,

Curieusement démuni
De satisfaction intime.
Pas de remords : il avait fait des crimes
Mais des crimes de lion et quel lion n'en fait pas ?
D'ailleurs, c'était pour le service de l'État.
Et s'il s'était passé quelques faiblesses,
Cela avait toujours été avec noblesse,
Comme on jette un quartier de viande aux chiens.
Mais à se reprocher, en conscience : rien.
Tout faisait poids du bon côté de la balance.
Libre d'esprit, la morale et l'honnêteté
Ne l'avaient jamais tourmenté —
Il s'y était pourtant tenu, par élégance.
Mais, vieux bientôt, à l'heure où les lions se regardent
Pensivement parfois dans les ruisseaux,
Il comprit un beau jour que, sans y prendre garde,
Il avait vécu comme un sot.
Après tout, que s'était-il donné à lui-même ?
Il craignait de n'avoir servi
Qu'une image, celle qu'on se faisait de lui ;
Pour la satisfaction extrême
De ses enfants, de sa famille et du pays.
Un beau destin de lion, comme on aime à les dire.
Mais lui ?
Qu'avait-il aimé vraiment dans sa vie,
Dont il se fût passé l'envie ?
Il s'aperçut, épouvanté,
Qu'il était passé à côté
De ses véritables joies…
Il était animal de proie

Et n'avait pas dévoré tout son soûl.
Biches, bons et beaux cerfs, proies nobles, certes :
Tout ce qu'on admettait que fasse un lion de goût
Mais si ce qu'il aimait, lui, c'était la chair verte,
Au goût poivré, des petits rats ?
S'il y trouvait un plaisir délicat ?

Huit jours après, il voyait le ministre,
Se faisait donner l'Opéra.
Fini le lion posant sa patte sur un globe
Pour la joie des sots et des cuistres !
On est dupe longtemps et un jour on comprend
Que cette farce était sinistre.
Adieu la dignité et les nobles soucis !
Adieu l'avenir du pays.
Si Dieu se détournait de lui,
Il se détournerait aussi,
Il comptait bien être un vieillard ignoble…

Ce sont des décisions qu'on prend.
Au premier petit rat qu'il tint entre ses pattes,
Fort de son droit de directeur,
Un petit rat poissé de sueur et de peur,
Que mère maquerelle rate,
Trop heureuse de la faveur,
Lui avait amené avec son vieux sourire,
Notre lion eut un haut-le-cœur.
Avec un peu d'or, il les congédia sans mot dire,

Il resta seul dans son bureau, songeur.
Lui qui croyait que le bonheur
N'était que penser à soi-même ;
Il comprit qu'il aimait qu'on l'aime
Et que jamais petit rat
À directeur amour ne donnera —
Tout au plus lui ouvrir ses cuisses.
Ah ! qu'il est lourd l'instant où les lions s'attendrissent.
Là-haut, on entendait travaillant à la barre,
Les pas légers des petits rats…
Il signa son courrier, acheva son cigare,
Et se jeta du haut de l'Opéra.

On dira ce que l'on voudra :
L'honnêteté est une tare.
C'est si charmant un petit rat !

LES DEUX PIGEONS

Deux pigeons, un beau jour, décidèrent
De faire désormais chambre à part.
On s'embarque pour Cythère
Mais le voyage est long et l'un se couche tard,
L'autre se lève tôt, l'un aime lire au lit,
Pas l'autre…
La lampe même est en conflit.
On dit : « Ayons chacun la nôtre… »
Quand on s'aime encor, c'est une menace ;
Puis on aime moins et pour qu'on le fasse
Il suffit d'un mot. Enfin, on le fit.
Le pigeon prit son oreiller, céda la place,
Galant, s'en fut dormir dans l'autre lit.
Il leur restait la tendresse, les joies communes…

Les pigeons vivent dans la lune.
Car, à ne pas faire l'amour,
L'amour, un temps prisonnier sur parole,
S'étonne, s'ennuie, puis s'envole

Et quelquefois pour toujours.
Notre pigeon trouva bientôt une pigeonne,
Voisine aimable et fort jolie personne,
N'exigeant pas trop de présence.
Douce et discrète — on respectait les convenances —
Enfin, l'adultère rêvé.
Voyant le malheur arrivé
La pigeonne souffrit, dans son orgueil peut-être.
Elle s'en plaignit à leur maître
Qui lui dit : « Ma petite dame,
C'est très joli d'avoir une âme
(C'est même un utile ornement).
Le pain dont vivent les amants
C'est celui qu'on mange dans l'ombre.
Échappant à la loi des nombres,
N'étant plus qu'un en étant deux.
C'est le seul instant où les Dieux
— Et croyez qu'ils en sont avares —
Octroient cette grâce très rare…
Sans le cœur, ce n'est qu'amoureux ébats,
Égoïste gymnastique,
Plaisir un peu mélancolique ;
Mais le cœur tout seul ne la donne pas.
Vous avez triché, la chose était faite
En vous séparant.
Qui veut faire l'ange fait la bête ;
Mais, fait surprenant,
La bête peut parfois faire l'ange.
Et on n'aime que ce qu'on mange.

Amants, incertains amants,
Ne dites pas : « Si tu m'aimes… »

Faites l'amour même
En vous insultant.
Rien de moins sûr que la tendresse.
À un autre propos, Pascal disait, prudent :
« Faites dire des messes. »

LE RENARD JUGÉ
PAR UN AUTRE

Ayant à juger du cas
D'un machiavel de bas étage —
Un renard qui avait emprunté le pelage
D'un lion,
À la faveur d'une révolution,
Et réussi à les tenir en vasselage —
Les animaux un jour ouvrirent les débats
Ils s'étonnaient — s'accusant mutuellement
Avec, d'ailleurs, une mauvaise foi entière —
(Qui n'eût vu l'imposteur et sa ruse grossière
Enfin quoi, Messieurs, c'était cousu de fil blanc !)
D'avoir pu lui prêter serment.

« Messieurs, dit un renard d'une meilleure race,
Un politique chevronné
Que cet usurpateur avait mis en disgrâce
À peine couronné
(Un tyran craint toujours l'intelligence
Et s'entoure de nullités),

Messieurs, ayez donc l'obligeance
De juger ce qui a été
Et non ce qui aurait dû être.
Maintenant qu'il a dépouillé sa peau
Chacun dit avoir deviné l'appeau,
Et oublie les drapeaux qu'il a mis aux fenêtres…
Mais quand il s'est dressé, sous sa fausse crinière,
Je n'ai vu qu'animaux empressés à lui plaire,
L'acclamant, espérant gratter au bonneteau,
Pour lui, pour son parti ou bien pour sa province,
Sa part, sa part sacrée de l'énorme gâteau
Échu au bon plaisir du prince.

C'est tous les comptes faits, que cela se gâta.
On s'aperçut un jour qu'on n'avait plus d'État.
Sous ce rassurant parapluie
Où le démonstrateur jouait sa comédie,
Il n'y avait que fourberie,
Cartes truquées et ruses de renard.
Vous dirais-je, pour vous consoler de vos misères,
Que chez le peuple le plus spirituel de la terre
(Nous au moins, nous avions
Pour nous duper l'apparence d'un lion),
Il a suffi d'une abstraite figure oblongue,
D'un képi et d'un air cafard ?
Mais on ne peut tromper tout le temps tout le monde —
Pas plus chez nous que chez eux —
On s'en aperçoit tôt ou tard.

On croit la ruse féconde ;
L'honnêteté paie à la longue…
Messieurs,
J'ai essayé les deux. »

L'ÂNE, LE SINGE ET L'OURS

Ayant le temps légal exercé leurs méninges,
Tous deux dûment diplômés,
Un beau jour, l'âne et le singe,
Pourvus de tous les instruments chromés,
Forts de leurs blouses blanches et de leur bonne mine,
Ouvrirent une clinique.
Ils étaient moins sûrs de la médecine,
Mais ils comptaient sur la pratique
Pour achever de se former.
L'important,
C'était de rattraper et la peine et l'argent.
Et chacun sait que la peur de la mort
Qui veille au cœur des bonnes gens
Est une vraie mine d'or
Pour qui a un peu d'entregent.
Seul l'amour du plaisir fait dépenser autant…
Mais l'illusion d'amour qu'on vend aux maisons closes
A un caractère infamant :
Une clinique c'est autre chose,
L'illusion qu'on y vend fait de ce pieux négoce

Un véritable sacerdoce.
Leur premier client fut un ours.
Se faisant vieux, il souffrait de partout, toujours
Il pensait qu'il avait la goutte.
En outre il n'y voyait plus goutte
Et sa tête avait des lourdeurs
Pendant la saison des chaleurs :
Et puis, il avait une détestable
Tendance à s'endormir, au sortir de la table,
Lorsqu'il avait trop mangé.
L'âne, l'ayant interrogé,
Hocha pensivement la tête.
Pour lui une opération
S'imposait sans discussion.
Il fallait ouvrir, voir l'organe —
C'était son diagnostic d'âne —
En vérifier l'état et le fonctionnement.
L'estomac d'abord, la boîte crânienne,
Et l'œil très probablement.
On saurait alors de façon certaine
Que prescrire pour traitement.
La guérison serait affaire de patience…
« Et si je meurs pendant l'opération ? »
Objecta timidement l'ours.
L'âne haussa les épaules et sourit : « C'est toujours,
Lui dit-il, le malade qui soulève cette objection.
Dans l'état, cher Monsieur, actuel de la science
Vous pensez bien que nous savons
Très exactement ce que nous faisons.
Il n'est que voir autour de nous nos instruments.

Tout cela a coûté et des mille et des cents
C'est chromé, ça vient d'Amérique
C'est même un peu électronique ;
Ça tranche et perfore tout seul.
Un enfant de dix ans, Monsieur, que dis-je, un âne… »
(Il s'arrêta tout court, le singe ayant toussé,
Et resta brusquement en panne
L'air quelque peu embarrassé.)
« Mon confrère et ami vous demande de croire,
Dit le singe intervenant,
Que les progrès de la technique opératoire
Sont maintenant si surprenants
Que votre objection, qui hier était valable,
N'a plus aucun sens de nos jours.
Étendez-vous, Monsieur, sans crainte sur la table… »
« Et si je meurs ? » dit l'ours qui suivait son idée.
« Ah bah ! on ne vit pas toujours ;
Dit le singe, badin, si votre destinée
Était de mourir aujourd'hui,
Ce n'est ni à moi, ni à lui,
Qu'il vous faudra vous en prendre.
Qui de nous oserait prétendre
Infléchir le cours du destin ? »
« J'ai rendez-vous pour un festin
D'anniversaire
Avec plusieurs de mes confrères »,
Dit l'ours, sautant soudain de la table chromée…
« Sur la foi de la renommée
J'étais venu vous voir, juste avant le banquet,
Mais je ne voulais qu'un cachet

M'aidant à digérer tranquille.
S'il faut jouer à pile
Ou face — et si le destin,
Comme vous dites, a décidé ma fin —
(L'hypothèse reste valable)
J'irai crever sur l'autre table.
Ce qu'on sert sur la vôtre est encor plus malsain.
Si je suis au bout de mon rôle
Que la fin au moins en soit drôle ;
Merci, Messieurs, pour votre opération.
Je vais mourir d'indigestion. »

LA FOURMI ET LA CIGALE

La fourmi, qui frottait toujours,
S'arrêta pour reprendre haleine.
« Qui s'attendrira sur la peine,
Dit-elle, des ménagères ?
Toujours frotter, jour après jour,
Et notre ennemie la poussière,
Aux ordures jeté notre triste butin
Revient le lendemain matin,
On se lève, elle est encor là, goguenarde.
La nuit on n'y a pas pris garde,
Croyez qu'elle en a profité,
La gueuse ! Il faut recommencer,
Prendre le chiffon, essuyer
Et pousser, toujours pousser
Le balai. »

« J'ai tout mon temps, dit la poussière,
Cela s'use une ménagère.
Quelques rides d'abord et l'esprit

Qui s'aigrit ;
La main durcit ; le dos se courbe ; tout s'affaisse,
La joue, le téton et la fesse ;
Alors s'envolent les amours…
Boudant et maugréant toujours
La ménagère rancunière
Frotte jusqu'au dernier jour,
Vainc le dernier grain de poussière
Et claque enfin, le ressort arrêté.
Vient le docteur boueux, qui crotte le parquet,
Le curé et l'enfant de chœur et la cohorte
Des voisins chuchotants qui entourent la morte…
Et sur ce corps, vainqueur de tant de vains combats,
Immobile sur son grabat
Pour la première fois une journée entière,
Retombe une dernière couche de poussière :
La bonne. »

« Quant à moi, dit la cigale, j'ai une bonne. »

NAPOLÉON ET LA PUCE

« Que voulez-vous que cela fasse
À un homme comme moi, dit Napoléon,
Les regardant
Qui l'acclamaient sous le balcon,
La vie d'un million d'imbéciles ? »

(Il dit un mot plus court que Metternich, galant,
N'osait pas répéter aux dames.)
Au lieu de rétorquer : « Mais, Sire, ils ont une âme… »
(C'était la réplique facile)
Metternich demeura de glace,
Sourit dans sa cravate et ne dit rien.
Le mot était lâché, il serait historique ;
Le fin renard se doutait bien
Que le Corse, par lui, aggraverait son cas.
Lui Metternich, bien sûr aussi, dans la pratique…
Mais lui, il ne le disait pas.

À ce moment, sournoise et rancunière,
La puce qu'il avait déjà chassée

De son gilet, par tant de sans-gêne agacée,
Piqua Napoléon au derrière…
On a beau être Napoléon
On ne peut pas se le gratter dans un salon.
Le masque du maître du monde
Se durcit une seconde ;
Et Metternich, sans cesser d'être souriant,
Sentit l'Europe soudain jetée sur la table
Comme un quartier de bœuf saignant.
Tranchant, Napoléon dit : « Non ».
Dès lors, la guerre était inévitable ;
La parole était au canon.

L'histoire n'a pas retenu le nom
De cette puce.
Elle l'aurait pourtant piqué ailleurs, ne fût-ce
Qu'un peu plus haut, un peu plus bas,
L'Empereur détendu renonçait au combat.
À quoi cela tient tout de même !
Gémit le philosophe blême :
Le nez de Cléopâtre il eût… et cætera.
Changeant — hélas ! trop tard pour la France — de place
La puce, sans marquer d'émoi,
Poursuivit son exploration
De l'impérial caleçon
Et dit : « Que voulez-vous que cela fasse
À une puce comme moi
Le derrière de Napoléon ? »

LA MARIÉE TROP BELLE

Une intrigante, en province,
Tapant un jour le carton,
Dignement, dans un salon,
Avec un quinquagénaire
Plutôt chauve et plus très mince
Ayant grosse situation
Voiture et décoration
Miraculeusement resté célibataire,
Lui dit : « Ah ! mon cher Monsieur !
(En levant les yeux aux cieux)
Si vous connaissiez ma fille…
Si charmante, si gentille,
Son minois, son air fripon,
Son bon petit caractère…
Je la voyais en jupon
Ce matin sur le balcon
Arrosant ses primevères :
Vraiment, Monsieur, ce n'est pas
Parce que je suis sa mère,
(D'ailleurs on ne le croit pas)

Quel joli petit derrière ! »
Comme l'autre, un peu surpris,
Restait la carte en suspens ;
De peur qu'il ne se méprît
Elle ajouta, soupirant :
« Et, surtout, quelle âme fière ! »
Elle laissa passer le plateau d'orangeade
Dans un silence et reprit avec passion :
« Sachant tenir la maison
Vraie petite ménagère,
À l'aise dans un salon,
Aussi bien qu'à la cuisine,
Et cultivée avec ça :
Ses deux baccalauréats.
Ne parlons pas du piano
Où ses petits doigts gambadent…
Elle tape à la machine,
Elle connaît la sténo.
Avouez que c'est joli :
La secrétaire rêvée,
Discrète, bien élevée.
Et le soir l'amour au lit !… »
Elle enchérit à voix basse,
En plissant sa vieille face :
« Bien sûr, je suis sa maman,
Mais je le confie en femme :
Je vous sais un gentleman.
(Elle ne prononçait pas le mot correctement.)
Ce n'est pas qu'une belle âme
Elle a du tem-pé-ra-ment ! »

La nuque lourde, notre homme acheva la partie,
Sans s'étonner le moins du monde que le destin
Lui offrît un pareil butin,
Qu'il n'avait mérité en rien.
Bien ficelé, un mois plus tard,
La mère pleurant sous le fard
Lui livrait le cher petit objet à la mairie…

Tout était vrai pour le piano,
Pour la machine et la sténo ;
Un peu moins vrai pour la culture
(C'était sans grand inconvénient,
Au fond.) Quant au tempérament,
Il était bien dans la nature
De ce petit tendron précoce,
Qui, quinze jours après la noce,
Lui avoua qu'elle était grosse
Depuis trois mois de son amant.

Si la mariée est trop belle,
Et qu'on veut vous la donner
Quand on a un peu de nez,
On se met devant sa glace…
Mais leur suffisance est telle :
Demandez aux gens en place
En quoi ils ont mérité

Leur semblant de royauté :
Ils vous taxent de cautèle…

C'est pourquoi le sage ne s'attendrit plus,
Ni sur les ministres, ni sur les cocus.

L'HOMME, SA JEUNE FEMME ET SA CHATTE

Au bout d'un an de mariage
Un homme se lamentait
Sa femme pourtant était belle et sage,
Chacun le félicitait :
Il restait obstinément triste...
Il ne sentait plus qu'on l'aimait.
Elle avait vingt ans, lui quarante,
La différence n'était pas exorbitante —
Surtout aux yeux d'un fabuliste :
Ce n'est pas jeune qu'on les écrit,
Les fables —
Ce n'était pas là leur conflit ;
Ni dans leurs disputes à table.
Il n'était pas non plus — je vois votre sourire —
Dans le malentendu que vous alliez me dire :
Ils s'accordaient fort bien au lit.
Simplette et de bonne santé,
La jeune femme paraissait avoir goûté
L'agréable retour des plaisirs de la nuit.
Volontiers elle s'y prêtait ;

Et parfois même, avec une impudeur naïve,
Elle en prenait l'initiative.
Un autre homme eût été comblé.
Celui-ci restait accablé.
Il s'ouvrit de sa peine, un beau jour, à sa chatte,
La caressant un soir devant le feu mourant.
« Tu ronronnes quand je te gratte,
Lui dit-il, je sais que tu m'aimes et pourtant,
Que ton amant, le matou borgne de la ferme,
Vienne demain t'appeler sur le toit,
C'en sera fait de ton amour pour moi.
Me haïssant si je t'enferme,
Tu ne penseras plus qu'à toi.
Mais toi, tu es ma chatte, pas ma femme…
Je savais en t'aimant que tu n'avais pas d'âme.
Elle, si je te disais,
Quand je l'ai connue jeune fille,
Chez son père, sous la charmille,
Tous les serments qu'elle m'a faits.
Un vrai petit soldat qui voulait me défendre,
Me suivre partout, m'écouter.
Et le soir, au salon, toujours son regard tendre
Qui ne pouvait pas me quitter.
Pendant que je parlais à ses sœurs, à son père,
Quelque chose de chaud restait posé sur moi.
Quand j'ai dû m'absenter un mois,
Avant la noce, pour affaires,
Qui aurait pu penser qu'elle se désespère
Au point de cesser de manger ?
Imaginant mille dangers

(Et je n'étais pourtant allé qu'à Carcassonne)
Il fallait chaque jour un mot qui la raisonne
Et la rassure sur mon sort.
Je crois bien qu'elle serait morte
Moi mort !
Maintenant qu'importe
Comment je me porte…
Je vis près d'une petite personne
Préoccupée surtout de son miroir ;
Qui se réveille un peu le soir,
Gémit dans le plaisir, absente, et s'abandonne
À un sommeil boudeur où je ne suis plus rien.
Je pense qu'elle m'aime bien,
Et que faire l'amour l'amuse ;
Mais son indifférence m'use…
Je me fais l'effet d'être transparent.
Son regard me traverse et va de glace
En glace
Souriant à sa propre image
Qui passe…
Et pourtant elle reste sage.
Je n'ai à me plaindre de rien. »

La chatte se sentait si bien
Avec sur l'échine, alanguie,
Les doigts savants et doux et la douceur du feu…
« Que les hommes sont ennuyeux,
Pensa-t-elle, avec leur psychologie ! »
Elle ouvrit de tout petits yeux ;

Elle bâilla discrètement
Et dit : « Mon pauvre maître, en somme,
Tu es resté un bien petit jeune homme,
Pour tes quarante et quelques ans.
De quoi t'étonnes-tu ? Tout est clair cependant.
Ta femme n'est pas plus ou moins gentille ;
Elle n'a pas perdu son âme ;
Elle est autre, tout simplement.
Tu avais pris une fille,
Tu en as fait une femme,
C'est un animal différent…
Les hommes n'ont jamais compris
Ce curieux petit phénomène
Qu'ils fabriquent pourtant eux-mêmes,
Pour leur misère, en une nuit.
S'endormant au matin, glorieux de leur prouesse,
Ils pensent qu'ils auront à leur choix, dans le lit,
La Sainte Vierge ou bien une folle maîtresse…
Le malheur est ce qui s'ensuit.
Et l'histoire est toujours la même :
On épouse l'être qu'on aime
C'est avec un autre qu'on vit. »

LE LOUP BLANC

Quand il eut mangé la grand-mère,
Le loup, vaguement écœuré,
Sombra dans des pensées amères.
Il eût voulu être curé ;
Se dévouer pour une cause ;
S'occuper d'enfants,
Tous vêtus de blanc,
Couronnés de roses,
Qu'il emmènerait, dans des processions,
À travers les champs aux fleurs innocentes…
Il écoutait déjà la mélodie charmante
Des cantiques chantés par de jeunes voix aigres…

Cette pensée fit un peu diversion,
Lui rappela son goût de la jeunesse…
Et quand le Petit Chaperon rouge, avec ses tresses
Blondes et son air à croquer, parut,
Lunettes sur le nez, le regard à l'affût,
Dans le lit encore odorant

Où le désir qu'on croyait mort reprend,
Le loup, qui jouait mère-grand,
La jugea seulement un tout petit peu maigre
Pour son goût.
Ne comptez pas sur les bonnes pensées
Des loups repus qui rêvent de tendresse.
Pourquoi n'aimerait-on pas tout ?
C'est au sortir des lits de leurs maîtresses
Que les hommes lavés vont vers leurs fiancées…
On les traite de polissons.
Il faut les prendre tels qu'ils sont.
À chaque aube nous renaissons
Et dans le petit matin pâle
Au sortir des louches maisons
Le péché est une eau lustrale.
« Ça ne durera pas », disent les gens aigris…
Pour Dieu, c'est toujours ça de pris.

LA CHÈVRE FOLLE

La chèvre, un matin, eut envie de vivre —
Comme on dit — dangereusement.
Elle avait trop lu la vie dans les livres…
C'était un matin de bonheur pourtant,
L'herbe tendre au soleil et la chaîne légère.
Mais rien ne vous retient quand cette envie vous prend.
Trompant la petite bergère
Qui tricotait pour son trousseau,
Laissant ses sœurs et son chevreau
Elle partit pour la colline,
Seule, à la recherche du loup.

Monsieur Seguin, on l'imagine,
Ne l'avait pas rouée de coups,
Son étable était propre et la main sans rudesse
Qui venait la traire le soir…
Mais quand cette envie-là vous presse
On a beau entendre et savoir
Que le bonheur est là, bien au chaud dans la paille,

Chèvre ou femme, il faut qu'on s'en aille.
Elle marcha toute la nuit.
Le loup la suivait à la trace,
Tout étonné de cette audace,
Se demandant si l'on se moquait pas de lui.
C'était un loup très vieux qui en avait tant vu,
Qu'il était rare qu'on le prît au dépourvu.
Cette chèvre lâchée, seule, dans la rocaille,
Sur son terrain de chasse où nul ne se risquait,
Ne lui disait rien qui vaille.
Il pensait que, s'il la croquait,
Il tombait dans les batteries
Du vieux Marquis de Perpessac,
Lieutenant de louveterie,
Lequel avait plus d'un tour dans son sac.
Mais son ennemi avait de la tête.
Notre loup pensa : « Pas si bête,
Je vous ai percé, Monsieur le Marquis !
Et cette chèvre en plein maquis
C'est une ruse trop grossière.
Je dois assurer mes arrières.
Bien le bonjour chez vous, mais pas un coup de dent ! »
Il fit un demi-tour prudent
Et il regagna sa tanière.

Ayant erré un jour et une nuit
Entière,
Sans rencontrer son ennemi,
La chèvre, avec au cœur son courage inutile,

Résignée à la vie tranquille,
Sentit qu'il fallait faire un geste, au moins.
Ah ! comme les chèvres sont femmes…
L'ayant trouvé sur son chemin
Qui la cherchait la mort dans l'âme —
Elle encorna Monsieur Seguin.

LA FILLE ET LE LOUP

Une fille tomba amoureuse d'un loup
Qu'un montreur d'animaux exhibait sur la place,
Le jour de sa noce, au village.
Il était fier et sombre, et de mauvaise grâce,
Il faisait quelques tours navrants,
Ne semblant pas sentir les coups.
Voir un loup enchaîné redonne du courage
Au cœur mou des petites gens :
Dans le cortège, on s'amusait beaucoup.
Les lourds garçons d'honneur lui faisaient des grimaces,
Chacun rivalisait de bons mots et d'audaces ;
La mariée ne disait rien.
C'était un triste mariage,
Elle était belle, pure et sage,
Elle épousait un jeune richard du village,
Mal formé — avec la bénédiction des siens.
C'est le sort des filles sans bien.
Pendant que l'homme, fouet en main,
L'obligeait à faire sa danse,
Le regard du loup et le sien,

Se croisèrent dans le silence…
Ayant jeté sa maigre obole au bohémien
La noce l'entraîna vers les réjouissances
Interminables du festin,
Le principal de la cérémonie, en France.
Elle fut déflorée à la fin du repas.
Mais, pendant la nuit, laissant là
Le mari qui ronflait après le sacrifice,
Insoucieuse du sang qui coulait sur ses cuisses ;
Elle alla jusqu'à la roulotte endormie,
Ouvrit au loup et le suivit dans la forêt
Pour y devenir son amie…

Le lendemain le scandale éclatait.
Les paysans armés partirent en battue
On retrouva la fille demi-nue
Qui dormait près du loup. On les prit tous les deux.
Le loup fut égorgé et la fille jugée.
Quand on lui demanda ce qui l'avait poussée
À bafouer ainsi les Dieux
Les regardant bien dans les yeux,
Son mari haut comme trois pommes,
Le curé bedonnant, le juge fielleux,
Les paysans niais et communs,
Elle le leur dit : « J'aime les hommes,
Et seul le loup en était un. »

DU MÊME AUTEUR

Aux Éditions de la Table Ronde

L'ALOUETTE (Folio n° 336)

ANTIGONE

ARDÈLE OU LA MARGUERITE, *suivi de* LA VALSE DES TORÉADORS (Folio n° 1057)

L'ARRESTATION (Folio n° 1774)

LE BAL DES VOLEURS (Folio Plus n° 46, Folioplus classiques n° 113)

LA BELLE VIE, *suivi de* ÉPISODE DE LA VIE D'UN AUTEUR

BECKET OU L'HONNEUR DE DIEU (Folio n° 191, Folio théâtre n° 124)

LE BOULANGER, LA BOULANGÈRE ET LE PETIT MITRON (Folio n° 1174)

CHER ANTOINE OU L'AMOUR RATÉ (Folio n° 697)

CHERS ZOISEAUX (Folio n° 1510)

COLOMBE (Folio n° 398)

LA CULOTTE (Folio n° 1680)

LE DIRECTEUR DE L'OPÉRA (Folio n° 1032)

EURYDICE, *suivi de* ROMÉO ET JEANNETTE (Folio n° 1218)

FABLES (Folio n° 316)

LA FOIRE D'EMPOIGNE, *suivi de* CÉCILE OU L'ÉCOLE DES PÈRES (Folio n° 1102)

LA GROTTE (Folio n° 917)

L'HURLUBERLU OU LE RÉACTIONNAIRE AMOUREUX

EN MARGE DU THÉÂTRE

MÉDÉE

MONSIEUR BARNETT, *suivi de* L'ORCHESTRE (Folio n° 1426)

NE RÉVEILLEZ PAS MADAME (Folio n° 1318)

LE NOMBRIL

ŒDIPE OU LE ROI BOITEUX

ORNIFLE OU LE COURANT D'AIR (Folio n° 545)

PAUVRE BITOS OU « LE DÎNER DE TÊTES » (Folio n° 301)

LES POISSONS ROUGES (Folio n° 6)

LE RENDEZ-VOUS DE SENLIS, *suivi de* LÉOCADIA (Folio n° 375)

LA RÉPÉTITION OU L'AMOUR PUNI (Folio n° 444)

LA SAUVAGE, *suivi de* L'INVITATION AU CHÂTEAU (Folio n° 874)

LA SAUVAGE (Folio théâtre n° 110)

LE SCÉNARIO (Folio n° 1610)

TU ÉTAIS SI GENTIL QUAND TU ÉTAIS PETIT

VIVE HENRI IV OU LA GALIGAÏ

LE VOYAGEUR SANS BAGAGE, *suivi de* LE BAL DES VOLEURS (Folio n° 759)

PIÈCES BRILLANTES

PIÈCES COSTUMÉES

PIÈCES GRINÇANTES

NOUVELLES PIÈCES GRINÇANTES

PIÈCES NOIRES

NOUVELLES PIÈCES NOIRES

PIÈCES ROSES

PIÈCES BAROQUES

PIÈCES SECRÈTES

PIÈCES FARCEUSES

Aux Éditions Gallimard

THÉÂTRE tomes I et II, Bibliothèque de la Pléiade

COLLECTION FOLIO

Dernières parutions

5056. Jean Rouaud	*La femme promise*
5057. Philippe Le Guillou	*Stèles à de Gaulle* suivi de *Je regarde passer les chimères*
5058. Sempé-Goscinny	*Les bêtises du Petit Nicolas. Histoires inédites - 1*
5059. Érasme	*Éloge de la Folie*
5060. Anonyme	*L'œil du serpent. Contes folkloriques japonais*
5061. Federico García Lorca	*Romancero gitan*
5062. Ray Bradbury	*Le meilleur des mondes possibles* et autres nouvelles
5063. Honoré de Balzac	*La Fausse Maîtresse*
5064. Madame Roland	*Enfance*
5065. Jean-Jacques Rousseau	*« En méditant sur les dispositions de mon âme... »*
5066. Comtesse de Ségur	*Ourson*
5067. Marguerite de Valois	*Mémoires*
5068. Madame de Villeneuve	*La Belle et la Bête*
5069. Louise de Vilmorin	*Sainte-Unefois*
5070. Julian Barnes	*Rien à craindre*
5071. Rick Bass	*Winter*
5072. Alan Bennett	*La Reine des lectrices*
5073. Blaise Cendrars	*Le Brésil. Des hommes sont venus*
5074. Laurence Cossé	*Au Bon Roman*
5075. Philippe Djian	*Impardonnables*
5076. Tarquin Hall	*Salaam London*
5077. Katherine Mosby	*Sous le charme de Lillian Dawes Rauno Rämekorpi*
5078. Arto Paasilinna	*Les dix femmes de l'industriel*
5079. Charles Baudelaire	*Le Spleen de Paris*
5080. Jean Rolin	*Un chien mort après lui*

5081. Colin Thubron	*L'ombre de la route de la Soie*
5082. Stendhal	*Journal*
5083. Victor Hugo	*Les Contemplations*
5084. Paul Verlaine	*Poèmes saturniens*
5085. Pierre Assouline	*Les invités*
5086. Tahar Ben Jelloun	*Lettre à Delacroix*
5087. Olivier Bleys	*Le colonel désaccordé*
5088. John Cheever	*Le ver dans la pomme*
5089. Frédéric Ciriez	*Des néons sous la mer*
5090. Pietro Citati	*La mort du papillon. Zelda et Francis Scott Fitzgerald*
5091. Bob Dylan	*Chroniques*
5092. Philippe Labro	*Les gens*
5093. Chimamanda Ngozi Adichie	*L'autre moitié du soleil*
5094. Salman Rushdie	*Haroun et la mer des histoires*
5095. Julie Wolkenstein	*L'Excuse*
5096. Antonio Tabucchi	*Pereira prétend*
5097. Nadine Gordimer	*Beethoven avait un seizième de sang noir*
5098. Alfred Döblin	*Berlin Alexanderplatz*
5099. Jules Verne	*L'Île mystérieuse*
5100. Jean Daniel	*Les miens*
5101. Shakespeare	*Macbeth*
5102. Anne Bragance	*Passe un ange noir*
5103. Raphaël Confiant	*L'Allée des Soupirs*
5104. Abdellatif Laâbi	*Le fond de la jarre*
5105. Lucien Suel	*Mort d'un jardinier*
5106. Antoine Bello	*Les éclaireurs*
5107. Didier Daeninckx	*Histoire et faux-semblants*
5108. Marc Dugain	*En bas, les nuages*
5109. Tristan Egolf	*Kornwolf. Le Démon de Blue Ball*
5110. Mathias Énard	*Bréviaire des artificiers*
5111. Carlos Fuentes	*Le bonheur des familles*
5112. Denis Grozdanovitch	*L'art difficile de ne presque rien faire*
5113. Claude Lanzmann	*Le lièvre de Patagonie*
5114. Michèle Lesbre	*Sur le sable*

5115. Sempé — *Multiples intentions*
5116. R. Goscinny/Sempé — *Le Petit Nicolas voyage*
5117. Hunter S. Thompson — *Las Vegas parano*
5118. Hunter S. Thompson — *Rhum express*
5119. Chantal Thomas — *La vie réelle des petites filles*
5120. Hans Christian Andersen — *La Vierge des glaces*
5121. Paul Bowles — *L'éducation de Malika*
5122. Collectif — *Au pied du sapin*
5123. Vincent Delecroix — *Petit éloge de l'ironie*
5124. Philip K. Dick — *Petit déjeuner au crépuscule*
5125. Jean-Baptiste Gendarme — *Petit éloge des voisins*
5126. Bertrand Leclair — *Petit éloge de la paternité*
5127. Musset-Sand — *« Ô mon George, ma belle maîtresse... »*
5128. Grégoire Polet — *Petit éloge de la gourmandise*
5129. Paul Verlaine — *Histoires comme ça*
5130. Collectif — *Nouvelles du Moyen Âge*
5131. Emmanuel Carrère — *D'autres vies que la mienne*
5132. Raphaël Confiant — *L'Hôtel du Bon Plaisir*
5133. Éric Fottorino — *L'homme qui m'aimait tout bas*
5134. Jérôme Garcin — *Les livres ont un visage*
5135. Jean Genet — *L'ennemi déclaré*
5136. Curzio Malaparte — *Le compagnon de voyage*
5137. Mona Ozouf — *Composition française*
5138. Orhan Pamuk — *La maison du silence*
5139. J.-B. Pontalis — *Le songe de Monomotapa*
5140. Shûsaku Endô — *Silence*
5141. Alexandra Strauss — *Les démons de Jérôme Bosch*
5142. Sylvain Tesson — *Une vie à coucher dehors*
5143. Zoé Valdés — *Danse avec la vie*
5144. François Begaudeau — *Vers la douceur*
5145. Tahar Ben Jelloun — *Au pays*
5146. Dario Franceschini — *Dans les veines ce fleuve d'argent*
5147. Diego Gary — *S. ou L'espérance de vie*
5148. Régis Jauffret — *Lacrimosa*
5149. Jean-Marie Laclavetine — *Nous voilà*
5150. Richard Millet — *La confession négative*

5151.	Vladimir Nabokov	*Brisure à senestre*
5152.	Irène Némirovsky	*Les vierges* et autres nouvelles
5153.	Michel Quint	*Les joyeuses*
5154.	Antonio Tabucchi	*Le temps vieillit vite*
5155.	John Cheever	*On dirait vraiment le paradis*
5156.	Alain Finkielkraut	*Un cœur intelligent*
5157.	Cervantès	*Don Quichotte I*
5158.	Cervantès	*Don Quichotte II*
5159.	Baltasar Gracian	*L'Homme de cour*
5160.	Patrick Chamoiseau	*Les neuf consciences du Malfini*
5161.	François Nourissier	*Eau de feu*
5162.	Salman Rushdie	*Furie*
5163.	Ryûnosuke Akutagawa	*La vie d'un idiot*
5164.	Anonyme	*Saga d'Eiríkr le Rouge*
5165.	Antoine Bello	*Go Ganymède!*
5166.	Adelbert von Chamisso	*L'étrange histoire de Peter Schlemihl*
5167.	Collectif	*L'art du baiser*
5168.	Guy Goffette	*Les derniers planteurs de fumée*
5169.	H.P. Lovecraft	*L'horreur de Dunwich*
5170.	Léon Tolstoï	*Le Diable*
5171.	J.G. Ballard	*La vie et rien d'autre*
5172.	Sebastian Barry	*Le testament caché*
5173.	Blaise Cendrars	*Dan Yack*
5174.	Philippe Delerm	*Quelque chose en lui de Bartleby*
5175.	Dave Eggers	*Le grand Quoi*
5176.	Jean-Louis Ezine	*Les taiseux*
5177.	David Foenkinos	*La délicatesse*
5178.	Yannick Haenel	*Jan Karski*
5179.	Carol Ann Lee	*La rafale des tambours*
5180.	Grégoire Polet	*Chucho*
5181.	J.-H. Rosny Aîné	*La guerre du feu*
5182.	Philippe Sollers	*Les Voyageurs du Temps*
5183.	Stendhal	*Aux âmes sensibles* (à paraître)
5184.	Alexandre Dumas	*La main droite du sire de Giac* et autres nouvelles

5185.	Edith Wharton	*Le miroir* suivi de *Miss Mary Pask*
5186.	Antoine Audouard	*L'Arabe*
5187.	Gerbrand Bakker	*Là-haut, tout est calme*
5188.	David Boratav	*Murmures à Beyoğlu*
5189.	Bernard Chapuis	*Le rêve entouré d'eau*
5190.	Robert Cohen	*Ici et maintenant*
5191.	Ananda Devi	*Le sari vert*
5192.	Pierre Dubois	*Comptines assassines*
5193.	Pierre Michon	*Les Onze*
5194.	Orhan Pamuk	*D'autres couleurs*
5195.	Noëlle Revaz	*Efina*
5196.	Salman Rushdie	*La terre sous ses pieds*
5197.	Anne Wiazemsky	*Mon enfant de Berlin*
5198.	Martin Winckler	*Le Chœur des femmes*
5199.	Marie NDiaye	*Trois femmes puissantes*
5200.	Gwenaëlle Aubry	*Personne*
5201.	Gwenaëlle Aubry	*L'isolée* suivi de *L'isolement*
5202.	Karen Blixen	*Les fils de rois* et autres contes
5203.	Alain Blottière	*Le tombeau de Tommy*
5204.	Christian Bobin	*Les ruines du ciel*
5205.	Roberto Bolaño	*2666*
5206.	Daniel Cordier	*Alias Caracalla*
5207.	Erri De Luca	*Tu, mio*
5208.	Jens Christian Grøndahl	*Les mains rouges*
5209.	Hédi Kaddour	*Savoir-vivre*
5210.	Laurence Plazenet	*La blessure et la soif*
5211.	Charles Ferdinand Ramuz	*La beauté sur la terre*
5212.	Jón Kalman Stefánsson	*Entre ciel et terre*
5213.	Mikhaïl Boulgakov	*Le Maître et Marguerite*
5214.	Jane Austen	*Persuasion*
5215.	François Beaune	*Un homme louche*
5216.	Sophie Chauveau	*Diderot, le génie débraillé*
5217.	Marie Darrieussecq	*Rapport de police*
5218.	Michel Déon	*Lettres de château*
5219.	Michel Déon	*Nouvelles complètes*

5220. Paula Fox — *Les enfants de la veuve*
5221. Franz-Olivier Giesbert — *Un très grand amour*
5222. Marie-Hélène Lafon — *L'Annonce*
5223. Philippe Le Guillou — *Le bateau Brume*
5224. Patrick Rambaud — *Comment se tuer sans en avoir l'air*
5225. Meir Shalev — *Ma Bible est une autre Bible*
5226. Meir Shalev — *Le pigeon voyageur*
5227. Antonio Tabucchi — *La tête perdue de Damasceno Monteiro*
5228. Sempé-Goscinny — *Le Petit Nicolas et ses voisins*
5229. Alphonse de Lamartine — *Raphaël*
5230. Alphonse de Lamartine — *Voyage en Orient*
5231. Théophile Gautier — *La cafetière* et autres contes fantastiques
5232. Claire Messud — *Les Chasseurs*
5233. Dave Eggers — *Du haut de la montagne, une longue descente*
5234. Gustave Flaubert — *Un parfum à sentir ou Les Baladins* suivi de *Passion et vertu*
5235. Carlos Fuentes — *En bonne compagnie* suivi de *La chatte de ma mère*
5236. Ernest Hemingway — *Une drôle de traversée*
5237. Alona Kimhi — *Journal de Berlin*
5238. Lucrèce — *« L'esprit et l'âme se tiennent étroitement unis »*
5239. Kenzaburô Ôé — *Seventeen*
5240. P.G. Wodehouse — *Une partie mixte à trois* et autres nouvelles du green
5241. Melvin Burgess — *Lady*
5242. Anne Cherian — *Une bonne épouse indienne*
5244. Nicolas Fargues — *Le roman de l'été*
5245. Olivier Germain-Thomas — *La tentation des Indes*
5246. Joseph Kessel — *Hong-Kong et Macao*
5247. Albert Memmi — *La libération du Juif*

5248. Dan O'Brien — *Rites d'automne*
5249. Redmond O'Hanlon — *Atlantique Nord*
5250. Arto Paasilinna — *Sang chaud, nerfs d'acier*
5251. Pierre Péju — *La Diagonale du vide*
5252. Philip Roth — *Exit le fantôme*
5253. Hunter S. Thompson — *Hell's Angels*
5254. Raymond Queneau — *Connaissez-vous Paris ?*
5255. Antoni Casas Ros — *Enigma*
5256. Louis-Ferdinand Céline — *Lettres à la N.R.F.*
5257. Marlena de Blasi — *Mille jours à Venise*
5258. Éric Fottorino — *Je pars demain*
5259. Ernest Hemingway — *Îles à la dérive*
5260. Gilles Leroy — *Zola Jackson*
5261. Amos Oz — *La boîte noire*
5262. Pascal Quignard — *La barque silencieuse (Dernier royaume, VI)*
5263. Salman Rushdie — *Est, Ouest*
5264. Alix de Saint-André — *En avant, route !*
5265. Gilbert Sinoué — *Le dernier pharaon*
5266. Tom Wolfe — *Sam et Charlie vont en bateau*
5267. Tracy Chevalier — *Prodigieuses créatures*
5268. Yasushi Inoué — *Kôsaku*
5269. Théophile Gautier — *Histoire du Romantisme*
5270. Pierre Charras — *Le requiem de Franz*
5271. Serge Mestre — *La Lumière et l'Oubli*
5272. Emmanuelle Pagano — *L'absence d'oiseaux d'eau*
5273. Lucien Suel — *La patience de Mauricette*
5274. Jean-Noël Pancrazi — *Montecristi*
5275. Mohammed Aïssaoui — *L'affaire de l'esclave Furcy*
5276. Thomas Bernhard — *Mes prix littéraires*
5277. Arnaud Cathrine — *Le journal intime de Benjamin Lorca*
5278. Herman Melville — *Mardi*
5279. Catherine Cusset — *New York, journal d'un cycle*
5280. Didier Daeninckx — *Galadio*
5281. Valentine Goby — *Des corps en silence*
5282. Sempé-Goscinny — *La rentrée du Petit Nicolas*
5283. Jens Christian Grøndahl — *Silence en octobre*
5284. Alain Jaubert — *D'Alice à Frankenstein (Lumière de l'image, 2)*

5285. Jean Molla — *Sobibor*
5286. Irène Némirovsky — *Le malentendu*
5287. Chuck Palahniuk — *Pygmy* (à paraître)
5288. J.-B. Pontalis — *En marge des nuits*
5289. Jean-Christophe Rufin — *Katiba*
5290. Jean-Jacques Bernard — *Petit éloge du cinéma d'aujourd'hui*
5291. Jean-Michel Delacomptée — *Petit éloge des amoureux du silence*
5292. Mathieu Terence — *Petit éloge de la joie*
5293. Vincent Wackenheim — *Petit éloge de la première fois*
5294. Richard Bausch — *Téléphone rose* et autres nouvelles
5295. Collectif — *Ne nous fâchons pas ! Ou L'art de se disputer au théâtre*
5296. Collectif — *Fiasco ! Des écrivains en scène*
5297. Miguel de Unamuno — *Des yeux pour voir*
5298. Jules Verne — *Une fantaisie du docteur Ox*
5299. Robert Charles Wilson — *YFL-500*
5300. Nelly Alard — *Le crieur de nuit*
5301. Alan Bennett — *La mise à nu des époux Ransome*
5302. Erri De Luca — *Acide, Arc-en-ciel*
5303. Philippe Djian — *Incidences*
5304. Annie Ernaux — *L'écriture comme un couteau*
5305. Élisabeth Filhol — *La Centrale*
5306. Tristan Garcia — *Mémoires de la Jungle*
5307. Kazuo Ishiguro — *Nocturnes. Cinq nouvelles de musique au crépuscule*
5308. Camille Laurens — *Romance nerveuse*
5309. Michèle Lesbre — *Nina par hasard*
5310. Claudio Magris — *Une autre mer*
5311. Amos Oz — *Scènes de vie villageoise*
5312. Louis-Bernard Robitaille — *Ces impossibles Français*
5313. Collectif — *Dans les archives secrètes de la police*

5314.	Alexandre Dumas	*Gabriel Lambert*
5315.	Pierre Bergé	*Lettres à Yves*
5316.	Régis Debray	*Dégagements*
5317.	Hans Magnus Enzensberger	*Hammerstein ou l'intransigeance*
5318.	Éric Fottorino	*Questions à mon père*
5319.	Jérôme Garcin	*L'écuyer mirobolant*
5320.	Pascale Gautier	*Les vieilles*
5321.	Catherine Guillebaud	*Dernière caresse*
5322.	Adam Haslett	*L'intrusion*
5323.	Milan Kundera	*Une rencontre*
5324.	Salman Rushdie	*La honte*
5325.	Jean-Jacques Schuhl	*Entrée des fantômes*
5326.	Antonio Tabucchi	*Nocturne indien* (à paraître)
5327.	Patrick Modiano	*L'horizon*
5328.	Ann Radcliffe	*Les Mystères de la forêt*
5329.	Joann Sfar	*Le Petit Prince*
5330.	Rabaté	*Les petits ruisseaux*
5331.	Pénélope Bagieu	*Cadavre exquis*
5332.	Thomas Buergenthal	*L'enfant de la chance*
5333.	Kettly Mars	*Saisons sauvages*
5334.	Montesquieu	*Histoire véritable et autres fictions*
5335.	Chochana Boukhobza	*Le Troisième Jour*
5336.	Jean-Baptiste Del Amo	*Le sel*
5337.	Bernard du Boucheron	*Salaam la France*
5338.	F. Scott Fitzgerald	*Gatsby le magnifique*
5339.	Maylis de Kerangal	*Naissance d'un pont*
5340.	Nathalie Kuperman	*Nous étions des êtres vivants*
5341.	Herta Müller	*La bascule du souffle*
5342.	Salman Rushdie	*Luka et le Feu de la Vie*
5343.	Salman Rushdie	*Les versets sataniques*
5344.	Philippe Sollers	*Discours Parfait*
5345.	François Sureau	*Inigo*

Impression Novoprint
à Barcelone
le 26 juillet 2012
Dépôt légal : juillet 2012
1er dépôt légal dans la collection : janvier 1973

ISBN 978-2-07-036316-2./Imprimé en Espagne.